林格伦作品选集·美绘版

亲爱的所有中国孩子:

　　我多么想给你们每一个人都直接写信,表达对你们阅读我的书的喜悦。但是此时此刻,我只能说:祝你们阅读愉快。继续读吧,直到把我的书全部读完。致热烈的问候!

阿斯特丽德·林格伦

LINGELUN
MIOU, WODEMIOU
MeiHuiBan

米欧，我的米欧

〔瑞典〕阿斯特丽德·林格伦 ◆ 著
〔瑞典〕伊隆·维克兰德 ◆ 画
李之义 ◆ 译

中国少年儿童新闻出版总社
中国少年儿童出版社
北京

米欧，我的米欧

林格伦作品选集【美绘版】

〔瑞典〕阿斯特丽德·林格伦 ◆ 著
〔瑞典〕伊隆·维克兰德 ◆ 画
李之义 ◆ 译

原版书名：Mio, min Mio
原出版人：Rabén & Sjögren Bokförlag AB, Stockholm, Sweden
ⓒ Saltkrakan AB / Astrid Lindgren 1954 www.astridlindgren.net
Illustrations ⓒ Ilon Wikland

All foreign rights are handled by Saltkrakan AB, Sweden, info@saltkrakan.se
For information about Astrid Lindgren's books, see www.astridlindgren.com

图书在版编目（CIP）数据

米欧，我的米欧 /（瑞典）林格伦（Lindgren, A.）著；李之义译． —北京：中国少年儿童出版社，2009.10（2023.2重印）
（林格伦作品选集）
ISBN 978-7-5007-9410-3

Ⅰ．米… Ⅱ．①林…②李… Ⅲ．儿童文学-中篇小说-瑞典-现代 Ⅳ．I532.84

中国版本图书馆 CIP 数据核字 (2009) 第 173881 号
著作权合同登记　图字：01-2007-3229

MI OU, WO DE MI OU
（林格伦作品选集）

出版发行：中国少年儿童新闻出版总社
　　　　　中国少年儿童出版社
出版人：孙柱
执行出版人：马兴民

策　　划：徐寒梅　缪惟　高秀华	装帧设计：缪惟
责任编辑：徐寒梅　缪惟　高秀华　安今金	责任校对：杨宏
美术编辑：缪惟	责任印务：厉静
社　　址：北京市朝阳区建国门外大街丙12号	邮政编码：100022
总编室：010-57526070	发行部：010-57526568
官方网址：http://www.ccppg.cn	编辑部：010-57526320

印刷：北京华宇信诺印刷有限公司

开本：880mm × 1230mm　1/32	印张：5.5
版次：2009年10月第1版	印次：2023年2月北京第25次印刷
字数：100千字	印数：188001—193000册
ISBN 978-7-5007-9410-3	定价：25.00元

图书出版质量投诉电话 010-57526069，电子邮箱：cbzlts@ccppg.com.cn

序

　　在当今世界上，有两项文学大奖是全球儿童文学作家的梦想：一项是国际安徒生文学奖，由国际儿童读物联盟（IBBY）设立，两年颁发一次；另一项则是由瑞典王国设立的林格伦文学奖，每年评选一次，奖金500万瑞典克朗，是全球奖金额最高的奖项。

　　瑞典儿童文学大师阿斯特丽德·林格伦女士（1907—2002），是一位著作等身的国际世纪名人，被誉为"童话外婆"。林格伦童话用讲故事的笔法、通俗的风格和神秘的想象，使作品充满童心童趣和人性的真善美，在儿童文学界独树一帜。1994年，中国少年儿童出版社把引进《林格伦作品集》列入了"地球村"图书工程出版规划，由资深编辑徐寒梅做责任编辑，由新锐画家缪惟做美编，并诚邀中国最著名的瑞典文学翻译家李之义做翻译。在瑞典驻华大使馆的全力支持下，经过5年多的努力，1999年6月9日，首批4册《林格伦作品集》（《长袜子皮皮》《小飞人卡尔松》《狮心兄弟》《米欧，我的米欧》）在瑞典驻华大使馆举行了首发式，时年92岁高龄的林格伦女士还给中国小读者亲切致函。中国图书市场对《林格伦作品集》表现了应有的热情，首版5个月就销售一空。在再版的同时，中国少年儿童出版社又开始了《林格伦作品集》第二批作品（《大侦探小卡莱》《吵闹村的孩子》《疯了头马迪根》《淘气包埃米尔》）的翻译出版。可是，就在后4册图书即将出版前夕，2002年1月28日，94岁高龄的阿斯特丽德·林格伦女士

在斯德哥尔摩家中,在睡梦中平静去世。2002年5月,中少版《林格伦作品集》第二批4册图书正式出版。至此,中国少年儿童出版社以整整8年的时间,完成了150万字之巨的《林格伦作品集》8册的出版规划,为广大中国少年儿童读者奉献了一套相对完整、系统的世界儿童文学精品巨著,奉献了一个美丽神奇的林格伦童话星空。

  由地球作为载体的人类世界是千姿百态、丰富多彩的。可以是物质的,也可以是精神的;可以是科学的,也可以是文学的。少年儿童作为人类的未来和希望,从小就应该用世界文明的一流成果来启蒙,来熏陶,来滋润。让中国的少年儿童从小就拥有一个多彩的"文学地球",与国外的小朋友站在阅读的同一起跑线上,是我们中国少年儿童出版社的神圣职责。在人类进入多媒体时代的今天,中国少年儿童出版社倾力打造了高格调、高品质的皇冠书系,该书系的图书均以"美绘版"形式呈献。皇冠书系"美绘版"图书自上市以来迅速得到了广大青少年读者的认可,取得了良好的社会效益和经济效益。今天,中国少年儿童出版社将《林格伦作品选集》纳入皇冠书系,以"美绘版"形式再次出版林格伦女士最具代表性的作品,它们分别是《长袜子皮皮》《淘气包埃米尔》《小飞人卡尔松》《大侦探小卡莱》《米欧,我的米欧》《狮心兄弟》《吵闹村的孩子》《疯丫头马迪根》《绿林女儿罗妮娅》《海滨乌鸦岛》《叮当响的大街》《铁哥们儿擒贼记》《小小流浪汉》《姐妹花》。此次中国少年儿童出版社倾力打造的"美绘版"《林格伦作品选集》,就是要让世界名著以更美的现代化形式走近少年儿童读者,就是要让林格伦的童话星空更加绚丽多彩。

  愿《林格伦作品选集》(美绘版)陪伴广大的少年儿童朋友快乐成长,美丽成长。

林格伦和她创造的儿童世界

——李之义——

早在世纪之初著名作家埃伦·凯伊（1849——1926）就曾预言，20世纪将成为儿童世纪。这句话是否应验，这里不去讨论，但是林格伦在1945年步入儿童文坛就标志着世纪儿童已经诞生。这就是皮皮露达·维多利亚·鲁尔加迪娅·克鲁斯蒙达·埃弗拉伊姆·长袜子。起这个名字的人是林格伦的女儿卡琳。1941年女作家七岁的女儿卡琳因肺炎住在医院，她守在床边。女儿每天晚上请妈妈讲故事。有一天她实在不知道讲什么好了，就问女儿："我讲什么呢？"女儿顺口回答："讲长袜子皮皮。"是女儿在这一瞬间想出了这个名字。她没有追问女儿谁是长袜子皮皮，而是按着这个奇怪的名字讲了一个奇怪的小姑娘的故事。最初是给自己的女儿讲，后来邻居的小孩也来听。1944年卡琳十岁了，林格伦把这个故事写出来作为赠给女儿的生日礼物。后来她把稿子寄给伯尼尔出版公司，但是被退了回来。此举构成了这家最大的瑞典出版公司最大的失误。1945年作者对故事做了一些修改，以它参加拉本和舍格伦出版公司举办的儿童书籍比赛，获得一等奖。《长袜子皮皮》一出版立即获得成功，此事绝非偶然。当时关于瑞典儿童的教育问题的辩论正进行得如火如荼——以昔日的权威性教育为一方，以现代自由教育思想为另一方。早在20世纪30年代，人们就开始对童年教育感兴趣，并有新的儿童教育信号出现。很多人提出，对儿童进行严厉、无条件服从的教育会使儿童产生压抑和自卑感。人们揭露和批判当局推行的类似德国纳粹主义和意大利法西斯主义的绝对

权威和盲从的教育思想。

《长袜子皮皮》这部作品讲一位小姑娘，她一个人住在一栋小房子里，生活完全自理，富得像一位财神，壮得像一匹马。她所做的一切几乎都违背成年人的意志，不去学校上学，满嘴的瞎话，与警察开玩笑，戏弄流浪汉。她花钱买一大堆糖果，分发给所有的孩子。她的爸爸有点儿不可思议，是南海一个岛上的国王。这位小姑娘自然成了孩子们的新偶像。关于皮皮的书共有三本，多次再版，成为瑞典有史以来儿童书籍中最大的畅销书。目前该书已出版90多种版本，总发行量达到1.3亿册。对全世界的儿童来说，皮皮是一个令人喜爱、近乎神秘主义的形象，可与福尔摩斯、唐老鸭、米老鼠、小红帽和白雪公主相媲美。

在2004年5月26日阿斯特丽德·林格伦儿童文学奖第二次颁奖大会上，瑞典首相约兰·佩尔松在致辞时这样评论《长袜子皮皮》这部作品："长袜子皮皮之书的出版带有革命性的意义。林格伦用长袜子皮皮这个人物形象在某种程度上把儿童和儿童文学从传统、迷信权威和道德主义中解放出来，在皮皮身上很少有这类东西。皮皮变成了自由人类的象征。"

在儿童文学领域里，林格伦创造了两种风格：通俗和想象，两种风格以不同的方式体现她的创作特征。通俗的故事有时候接近琐碎，有时候带有喜剧色彩。比如以女作家自己的成长环境和自己的兄弟姐妹为原型的《吵闹村的孩子》《吵架人大街》和《疯丫头马迪根》。富于想象的作品是以《尼尔斯·卡尔松—小精灵》为开端。主人公是个小精灵，住在地板底下，后来成了一位孤单的小男孩的好伙伴，使阴郁、沉重的生活变成多彩的梦幻之国。《南草地》中的故事采用民间故事的创作手法，把昔日人间的残酷、疾病和忧伤变成了想象中的美

梦、善良和温暖。

但是用富于想象的手法创作的作品应首推三部伟大的小说:《米欧,我的米欧》(1954)、《狮心兄弟》(1973)和《绿林女儿罗妮娅》(1981)。第一部作品表面上非常通俗,主人公布·维尔赫尔姆·奥尔松是一位被领养的小男孩。他坐在长凳上,想着自己极不温暖的家庭生活。突然他的梦变成了现实,他搬到了童话世界——玫瑰之国,他的父亲是那里的国王,他变成了米欧王子。他用一把带魔法的宝剑把他父亲的臣民从残暴的骑士卡托的统治下解救出来。作品有着民间故事的所有特征。《狮心兄弟》也描写善与恶的矛盾。主人公是一位胆小的小男孩斯科尔班,但是在危险时刻他克服了自己的恐惧,勇敢地与邪恶进行斗争,并取得了胜利。斯科尔班身体虚弱、胆小怕事,这一点与他和哥哥一起把南极亚拉从暴君滕格尔、恶魔卡特拉手里解放出来的壮举形成鲜明对比。作品中有这样的情节:兄弟俩从悬崖上跳下去,以便从南极亚拉到另一个国家南极里马。他们去了另外一个世界以后变得强壮、勇敢和健康。一部分人把这一描写解释成儿童自杀,但多数人把这段解释成一种故事情节的升华,由一个想象的世界到另一个想象的世界。我还听到有第三种解释,即瑞典是一个福利社会,人们没有物质生活方面的困难,老人和孩子都很怕死。老人可以用基督教的来世梦想和进入天国之类的事求得安慰。孩子们怎么办?他们经常给报社或电视台写信、打电话,问"人为什么要死?"专家们用科学的方法给孩子们讲解生与死的辩证关系、新陈代谢等,说明死并不都是坏事。作家通过自己富于想象的作品不是也可以起到相同的作用,甚至效果更好吗?《绿林女儿罗妮娅》比上边提到的两部作品有更多的现实主义成分,书中所描写的问题有更多的可能性。女孩罗妮娅和男孩毕尔克分属两个世代为仇的绿林家庭。两个人对自己家庭传统进行造

反，一种真挚的友谊在他们之间迅速建立，他们拒绝再过到处抢劫的绿林生活。人们称这部作品为瑞典式的《罗密欧与朱丽叶》。两个孩子在山洞里过着与世隔绝的生活，这也有点儿像《鲁滨孙漂流记》。但作品有着林格伦自己的特征：紧张的情节、通俗的现实主义和幽默风趣。罗妮娅和毕尔克生活在充满可怕和喜剧性生灵的世界里，如人面野鹰和小人熊等。他们的父亲都是魁梧、健壮、心地善良的绿林首领，但他们不知道除了劫富济贫的绿林生活外，还有其他什么选择。

林格伦的另一部分作品介于通俗与想象两种风格之间。《淘气包埃米尔》(1963)中很多故事相当粗犷和非理性，有着伟大的喜剧风格，但一切都植根于世纪之交的斯莫兰的日常生活。一部分内容有点儿像古代的英雄萨迦，如埃米尔在风雪中把病入膏肓的阿尔弗雷德送到医院，以及请穷苦的人们吃圣诞饭。

当《小飞人卡尔松》(1955)中的卡尔松飞进小弟的中产阶级家庭生活时，起初人们都把他看作是孤单儿童的虚幻中的伙伴。但卡尔松是一个极富有个性的小家伙，有着人类的各种特征——他爱说大话、自私自利、不诚实和爱翻别人的东西，还不停地给小弟制造麻烦。但是小弟和其他读过这本书的孩子都喜欢他——"不胖不瘦、风华正茂"。如果人们偶尔还把他当作虚幻的人物的话，那么在小弟把他介绍给其他家庭成员时，这种感觉马上消失了，他成了一个实实在在的人。

林格伦的作品还包括侦探小说，如《大侦探小卡莱》(1946)，专门描写女孩子的作品，如《布丽特－马利亚心情舒畅了》(1944)、《夏士婷和我》(1945)。作品幽默、大方，很少有道德说教。

林格伦1907年出生在瑞典斯莫兰省一个农民家里。20世纪20年代到斯德哥尔摩求学，毕业后做过一两年秘书工作。她有30多部作品，获得过各种荣誉和奖励。1950年获瑞典图书馆协会颁发的

"尼尔斯·豪尔耶松金匾";1957年获瑞典"高级文学标准作家"国家奖,1958年获"安徒生金质奖章",1970年获瑞典《快报》"儿童文学和促进文学事业金船奖",1971年获瑞典文学院"金质大奖章"。此外,她还获得过1959年《纽约先驱论坛报》春季奖和1957年德国青年书籍比赛的特别奖。她在1946年—1970年将近1/4世纪里担任拉本和舍格伦出版公司儿童部主编,对创造这个时期的瑞典儿童文学的黄金时代做出了很大贡献。

2002年,林格伦女士以94岁高龄辞世,瑞典为她举行了国葬,人们称她为民族英雄。在我送的花圈上写着:"你的中文译者向你致最后的敬意!"她走了,却给世界留下了宝贵的文学遗产。她的作品被译成多国文字,发行量达到1.3亿册。把她的书摞起来有175个埃菲尔铁塔那么高,把它们排成行可以绕地球三圈。

瑞典文学院院士阿托尔·隆德克维斯特在1971年瑞典文学院授予她"金质大奖章"的授奖仪式上说:

尊敬的夫人,在目前从事文艺活动的瑞典人中,大概除了英玛尔·伯格曼之外,没有一个人像您那样蜚声世界。

您在这个世界上选择了自己的世界,这个世界是属于儿童的,他们是我们当中的天外来客,而您似乎有着特殊的能力和令人惊异的方法认识他们和了解他们。瑞典文学院表彰您在一个困难的文学领域里所做的贡献,您赋予这个领域一种新的艺术风格,即充分的心理描写、幽默和叙事情趣。

目录

日夜兼程 / 3

在玫瑰园 / 14

米拉米斯 / 24

如果我们为星星演奏,它们能感知吗? / 34

晚上会讲故事的井 / 43

通过幽暗的森林 / 55

被魔化的鸟儿 / 72

在死亡森林里 / 83

目录

最黑的山上的最深山洞 / 98

一只铁爪 / 111

好厉害的宝剑 / 123

米欧，我的米欧 / 142

译者后记 / 160

米欧，我的米欧

米 欧，我 的 米 欧
Miou,wodemiou

日夜兼程

有谁去年十月十五日听收音机了？有谁听说过，他们在寻找一位失踪的男孩？他们是这样说的：

斯德哥尔摩警察局寻找九岁男孩布·维尔赫尔姆·奥尔松，他是前天晚上六点钟从乌普兰大街13号的家中出走未归。布·维尔赫尔姆·奥尔松浅色的头发，蓝眼睛，离家时穿棕色短裤，蓝色毛衣，戴一顶红色小帽，知其下落者请报告警察局情讯处。

啊，他们是这样说的，但是没有任何人报告布·维尔赫尔姆·奥尔松的下落。他失踪了，没有人知道他到哪儿去了。谁也不知道，除我之外。因为我就是布·维尔赫尔姆·奥尔松。

我本来希望，至少我应该把事情的全部经过告诉本卡，我经常跟他一起玩。他也住在乌普兰大街，他的真名叫本特，但

是大家都叫他本卡。当然也没有人叫我布·维尔赫尔姆·奥尔松,他们只叫我布赛。

我的意思是说过去他们只叫我布赛,现在,当我失踪的时候,他们就什么也叫不成了。只有艾德拉阿姨和西克斯顿叔叔过去叫我布·维尔赫尔姆·奥尔松,啊,实际上西克斯顿叔叔没叫过我什么,他从来不跟我讲话。

我是艾德拉阿姨和西克斯顿叔叔家领养的孩子,我一岁的时候到他们家来的。过去我住在孤儿院,是艾德拉阿姨把我领出来的。她本来想要一个女孩,但是那里没有女孩可领,所以她把我领走了。尽管艾德拉阿姨和西克斯顿叔叔不喜欢男孩,特别不喜欢八九岁的男孩。他们认为男孩在家里太吵,认为我在泰格纳尔公园玩耍、把衣服抛向空中以后带回家里的泥太多,认为我说笑的声音太高。艾德拉阿姨老说,我到她家的那天是个不吉利的日子。西克斯顿叔叔没说什么。不,有时候他说:

"你,给我滚出去,免得我看见你。"

我大部分时间待在本卡家里。他的爸爸总是给他讲很多事情,帮助他搭飞机积木,在厨房的门上做记号,看他到底又长

高了多少。本卡可以随便笑，随便说话，随便把衣服抛来抛去，他的爸爸还是很喜欢他。所有的孩子都可以到本卡家里玩，谁也不能找我去玩，因为艾德拉阿姨说家里不能招一群小崽子来，西克斯顿叔叔也一样。"我们有一个讨厌鬼就足够了。"他说。

有时候晚上我躺在床上经常想，要是本卡的爸爸也是我的爸爸该多好啊。我经常想，谁是我的亲爸爸？为什么我不能待在他和我的亲妈妈身边而要待在孤儿院或艾德拉阿姨和西克斯顿叔叔家里？艾德拉阿姨曾经对我说，我出世的时候，我妈妈就死了。她说谁是我的爸爸没有人知道。"但是人们可以猜到他肯定不是个正经人。"她说。我恨艾德拉阿姨，因为她竟然这样说我的父亲。我出世的时候我母亲就死了，这可能是真的。但是我知道，我父亲不是什么不正经的人。有的时候我躺在床上为他哭泣。

有一个人对我特别好，就是水果店的兰婷阿姨。她经常给我糖和水果吃。

事情都过去以后我想，兰婷阿姨到底是谁呢？应该说整个事情都是从她身上开始的，那是去年十月的一天。

那一天艾德拉阿姨对我说了好几遍，我到她家里来是个不幸。晚上快到六点钟的时候，她让我到皇后大街一家面包铺去买一种她喜欢吃的硬面包。我戴上我那顶红帽子就上路了。

我路过水果店的时候,兰婷阿姨正站在门口。她托着我的下巴,惊奇地看了我很久很久。然后她说:

"你想要一个苹果吗?"

"要,谢谢。"我说。她给了我一个非常漂亮的苹果,看起来好吃极了。然后她说:

"你愿意帮助我把这张明信片投到信筒里去吗?"

"好吧,这我大概能够做到。"我说。这时候她在一张明信片上写了几行字,然后递给我。

"再见,布·维尔赫尔姆·奥尔松,"兰婷阿姨说,"再见,再见,布·维尔赫尔姆·奥尔松。"

说话的口气听起来很不寻常。她平时总是叫我布赛,从来不叫我别的名字。

我立即朝信筒跑去,有一个街区那么远。我正要把明信片投进去的时候,我看见它像火一样闪光发亮,啊,兰婷阿姨刚才写的那些字母像用火写的一样在发光。我不禁念了起来。明

信片上这样写着:

　　致遥远之国国王:

　　　　你长期寻找的人已经上路。他将日夜兼程,他手中拿的标志是一个黄色的金苹果。

　　我一个字也不明白。这时候我浑身奇怪地发冷。我赶紧把明信片投入信筒。

　　是谁日夜兼程?又是谁手里拿一个金苹果?

　　这时候我看到我从兰婷阿姨那里得到的那个苹果,那苹果是金黄的。"金苹果。"我说。我手里有一个黄色的金苹果。

　　此时此刻我真的要哭起来,没有真哭,但是差不多,我感到非常孤单。我走到泰格纳尔公园,坐在一个靠背椅上,那里一个人也没有,大家都回家

吃晚饭了。公园里很暗,天下着小雨,但是周围的房子里灯光明亮。我能够看到,本卡家的窗子也亮着。此时此刻他正坐在屋里和他的爸爸、妈妈一起吃豌豆和点心。我知道,凡是窗子亮的地方,孩子们都和爸爸妈妈坐在一起。只有我一个人坐在外面的黑暗当中,孤单单的。孤单地和我根本不知道拿它干什么用的金苹果在一起。

我把苹果小心地放在我身边,默默地思索着。附近有一盏路灯,灯光洒在我的身上和苹果上,但是灯光也洒在地上的另外一个东西上。这是一个普通的啤酒瓶,当然是空的。有谁在瓶口塞了一个木塞,大概是哪个小孩子干的,每天上午经常有小孩子在泰格纳尔公园里玩。我拿起瓶子,坐下来看上面的商标,上面写着"斯德哥尔摩酿造有限公司,二级"。就在我坐着看商标的时候,我突然看见,有什么东西在瓶子里动。

有一次我从图书馆借了《一千零一夜》,里边讲到有一个精灵被关在瓶子里。但那是几千年前遥远的阿拉伯世界的事,一个普通的啤酒瓶里不可能有这样的事。斯德哥尔摩酿造公司的啤酒瓶子里有精灵的事相当少见。但是不管怎么说这里毕竟有个东西,是一个精灵,我说的是真话,一个精灵坐在瓶子里。不过看得出他想出来。他用手指着瓶口的木塞,可怜兮兮地用眼睛看着我。我从来没跟精灵打过交道,我简直不敢拿掉那个木塞。但是最后我还是拿掉了,精灵怀着极大的兴奋爬出

瓶口，开始变大，最后他变得比泰格纳尔公园周围所有的楼房都高。精灵真够棒的，他们可以变小，小到可以钻进一个瓶子里，转眼之间他们又可以变大，大得像楼房一样。

谁也想象不出，我有多么害怕，我浑身颤抖。精灵跟我讲话，他的声音如山呼如海啸，我想最好让艾德拉阿姨和西克斯顿叔叔听一听，他们总认为我讲话声音太高。

"孩子，"精灵对我说，"你把我从牢笼中救了出来，你自己说吧，我应该怎么样酬谢你。"

但是我不想要什么酬谢，我只不过拿掉一个小木塞。精灵说，他是前一天晚上来到斯德哥尔摩的，他钻进一个瓶子睡觉。精灵们认为瓶子是他们睡觉的最好场所，但是正当他睡觉的时候，有人堵住了他的出口，如果我不救他，他可能要在瓶子里待上几千年，直到木塞子烂掉他才能出来。

"那样的话我的国王大人肯定会不高兴。"精灵说，他似乎更多的是说给自己听。

这时候我鼓起勇气问：

"精灵，你是从哪儿来的？"

先是一阵沉默，但是后来他说：

"我来自遥远之国。"

他的声音那么高，话语在我的头脑中轰鸣、回荡，他的声音中有一种使我向往遥远之国的神奇力量，我感到我不到那里

去就不能活下去。我对精灵举起双臂喊道：

"带我去吧！啊，带我到遥远之国去吧！那里有人等着我。"

精灵摇摇头。这时候我朝他举起金苹果，他发出一声高叫：

"你手里有标志！你就是我要接走的孩子，你就是国王长期寻找的孩子！"

他弯下腰，把我抱进怀里，我们腾空而起的时候，周围的声音震耳欲聋。我们离开了在我们身下的漆黑的泰格纳尔公园，离开了所有的楼房。楼房里灯光明亮，孩子们和爸爸、妈妈坐在一起吃晚饭。而我——布·维尔赫尔姆·奥尔松在群星下飞翔。

我们在白云上面飞翔，速度超过闪电，声音胜过雷鸣。星星、月亮和太阳在我们周围迸出一阵阵火花。有时候一切漆黑如夜，有时候光芒四射，我不得不闭上眼睛。

"他日夜兼程。"我自言自语地说。这是明信片上写的。

正在这个时候，精灵伸出手，指着很远很远的一片绿地，周围是湛蓝的大海，阳光极为灿烂。

"你看，那就是遥远之国。我们正朝绿地降落。"

这是大海中的一个岛。空气中散发着千万种玫瑰和百合花的香味，世界上任何其他音乐都无法与之相比的优美乐曲在岛上飘扬。

一座宏大的白色宫殿坐落在海滨，我们在那里降落下来。

有人沿着海滨走过来，那是我的父王。我一眼就认出来了，我知道他就是我的父亲。他张开双臂，我径直地扑向他的怀里。他长时间地拥抱我，此时此刻我们谁也说不出话来，我只是使出全身的力气搂着他的脖子。

啊，我多么希望艾德拉阿姨能够看一看我的父王，他是多么英俊，他衣服上装饰的黄金和宝石闪闪发亮。他的脸和本卡爸爸的脸一样，甚至更漂亮。很可惜，艾德拉阿姨看不到他，不然她会看到，我的爸爸不是什么不正经的人。

不过艾德拉阿姨也有说对的地方，我出世的时候妈妈就死了。孤儿院的那帮蠢人从来没有考虑告诉我的父王我在哪里。

他一连找了我九年之久,值得高兴的是,最后他总算找到我了。

如今我在这里待了很长时间了,我整天都很快乐。每天晚上我的父王都来到我的房间,我们一起搭飞机模型,彼此交谈。

我在遥远之国发育良好,精神愉快。我的父王每个月都在厨房的门上做记号,看我又长高了多少。

"米欧,我的米欧,真棒,你又长高了很多。"在量我的身高时他这样说。

"米欧,我的米欧。"他说,他的声音是那么亲切、热情。反正我再也不叫布赛了。

"我找了九年之久,"我的父王说,"我夜里睡不着觉,想着:'米欧,我的米欧'。当时我肯定知道,你就是叫这个名字。"

你看怎么样!当我住在乌普兰大街的时候,我就知道布赛这个名字肯定是错的,就像其他的一切都是错误的一样,现在名字叫对了。

我非常喜欢我的父王,他也非常喜欢我。

我多么希望本卡能知道这里的一切。我相信我一定能把这里的一切写给他,把信装进瓶子里,然后塞上木塞,把瓶子投向遥远之国周围的蓝色大海。当本卡与他的爸爸、妈妈在瓦克

斯霍尔姆①夏季别墅度假的时候,瓶子可能漂到那里,他们到海边游泳时就会捡到。那样该有多好,因为如果本卡知道了发生在我身上的这些奇迹,他会感到非常有意思。到那时候他就可以给警察局情讯处打电话,告诉他们,布·维尔赫尔姆·奥尔松真名叫米欧,在遥远之国平安无恙。他在自己父王身边感到好极了,妙极了。

---

① 瓦克斯霍尔姆:斯德哥尔摩北面的一个海滨小镇。

在玫瑰园

我确实不知道,我应该怎么样给本卡写信,我经历的事情其他任何人都没经历过,我不知道我怎么讲述才能使本卡确实明白。我考虑了很久我应该写些什么,但是没想出来。我大概可以这样写:我经历了一件前所未有的事情。但是本卡肯定还是不明白,遥远之国到底是怎么回事。如果我要把我的父王、他的玫瑰园、丘姆-丘姆、我漂亮的白马米拉米斯和域外之国的残暴骑士卡托等事情都告诉本卡,我至少要给他漂出去十二个瓶子。噢,我永远也无法把我经历的一切都告诉他。

第一天我的父王就把我领到了他的玫瑰园。当时正是晚上,风把树吹得哗哗响。当我们朝玫瑰园走去的时候,我听到了一种美妙的音乐,就像几千个玻璃钟齐鸣。声音有轻有重,当我听到它时,我的心开始震颤。

"你大概听到了我的银扬树在演奏。"我的父王说。

我们走的时候,他拉着我的手。艾德拉阿姨和西克斯顿叔

叔从来不拉我的手,过去从来没有人拉过我的手。因此我特别喜欢走路的时候拉着父王的手,尽管我这样做显得与我的年龄不太相符。

玫瑰园四周是一堵很高的围墙。我的父王打开一个小门,我们走进去。

很久以前我曾跟着本卡到他们家在瓦克斯霍尔姆的夏季别墅去过一次。黄昏时,我们坐在一块大石板上钓鱼。天空被晚霞染成红色,海水一平如镜。当时正是蔷薇花开放的季节,石板后面遍地都是蔷薇花。海湾的对岸有一只杜鹃在高声鸣叫。

我当时暗想，这里可能是世界上最美丽的地方。自然不是杜鹃，因为我看不见它，但是它的叫声使其他的一切比通常更美丽。我没有傻到把这个想法告诉本卡的地步。我一直在默默地想：这里可能是世界上最美丽的地方。

但是当时我还没有看见我父王的玫瑰园。我还没有看见他的玫瑰，它们好像漂浮在水流中随风摇曳的，美丽的白色百合花。我还没有看见长着银树叶的杨树，它们直指蓝天，晚上来临时，星星在它们的树冠闪闪发光；我还没有看见在玫瑰园上空飞来飞去的白鸟，我还没有听到过类似银杨树叶唱出的歌和演奏的乐曲。任何人也没听到过或看到过我在我父王的玫瑰园听到或看到的美丽东西。我静静地站着，紧紧地拉着父王的手。我想感触一下他是否在那里，因为景色太美了，一个人承受不住。我的父王抚摸着我的面颊说：

"米欧，我的米欧，你喜欢我的玫瑰园吗？"

我怎么也回答不出，因为我的感觉太奇特了，我差不多要哭起来，尽管我的心情正好相反。

我想告诉我的父王，他不要以为我真的要哭。但是没等我开口他就先说了：

"你高兴就好，继续保持好心情。米欧，我的米欧。"

后来他走过去与等他的玫瑰园管理人交谈，我自己到处跑到处看。我被美景陶醉了，我的整个身心都像泡在蜜糖里。我

的腿是那么敏捷，一会儿也停不下来，我的胳膊是那么强壮。我多么希望本卡能在这里，那样的话我就可以与他比试比试，当然是闹着玩。啊，我多么希望本卡在这里，因为我希望有一个和我同样大的孩子与我共享这一切。不过可怜的本卡此时大概正在泰格纳尔公园里玩，那里像通常一样刮着风，下着雨，漆黑、沉闷。这时候他大概已经知道我消失了，可能正在想我到底跑哪儿去了，如果他能再见到我该多好啊，可怜的本卡！我们过去在一起玩得非常痛快，我和本卡，当我走在父王的玫

瑰园里时,我非常想念他。在已经成为过去的一切事物中,他是我唯一留恋的,确实没有任何其他人值得我留恋。啊,可能还有兰婷阿姨,因为她对我一直很和善,但是我想得最多的还是本卡。我一个人在玫瑰园的一条曲径上默默地走了一会儿,我感到蜜糖在我的周身流动,我低着头,有些伤感。这时候我无意间抬起头,看见我前面的曲径上站着……啊,我几乎相信是本卡。但不是本卡,是丘姆-丘姆,我当然不知道他就是丘姆-丘姆。他是个男孩,有着和本卡完全一样的棕色头发、棕色眼睛。

"你是谁?"我说。

"我是丘姆-丘姆。"他说。

这时候我看到他和本卡还是有些不同。他的样子比本卡要严肃一些、友善一些。本卡当然也友善,差不多跟我一样,不多不少正合适,但是有时候我还是皱起眉头,和他扭打起来,他可以生一会儿气,气过去了随后还是好朋友。但是跟丘姆-丘姆绝对打不起来,他太友善了。

"你想知道我叫什么吗?"我说,"我叫布赛……不对,我叫米欧,这是真的。"

"我已经知道你叫米欧,"丘姆-丘姆说,"我们的国王大人已经把你回家的事情通报了全国。"

啊,真够棒的!我的父王对于能找到我是多么高兴,他要

让天下人都知晓。他大概有点儿孩子气，不过我听到时仍然很高兴。

"你有父亲吗，丘姆-丘姆？"我说，我多么希望他有，因为我自己长期没有，我深知没有父亲是多么令人难过。

"我当然有父亲，"丘姆-丘姆说，"我们国王大人的玫瑰园管理人就是我父亲，你愿意跟我回家去看看吗？"

我说我愿意。他沿着那条曲径朝玫瑰园最远的角落跑去，我在后边跟着。那里有一座白色小房子，茅草屋顶，跟童话中的房子一模一样。墙上和屋顶长满玫瑰，几乎看不见房子本身，窗子都开着，白色的鸟儿自由地飞出飞进。山墙旁边摆着一张桌子和一个靠背椅，还有一长串蜂房，蜜蜂在玫瑰丛中嗡嗡地飞个不停，周围长着大丛的玫瑰，还有长着银树叶的杨树和柳树。有人从厨房里喊话：

"丘姆-丘姆，你忘记吃晚饭了吧？"

这是丘姆-丘姆的母亲在说话,她走到门槛儿处,站在那里微笑。这时候我看到,她长得很像兰婷阿姨,可能还要漂亮一点儿。不过她也像兰婷阿姨那样脸上长着深深的酒窝,她用手托着我的下巴,就像兰婷阿姨上次跟我说"再见,再见,布·维尔赫尔姆·奥尔松"一样。但是丘姆-丘姆的妈妈说:

"你好,你好,米欧!你想和丘姆-丘姆一起吃晚饭吗?"

"好,谢谢,"我说,"如果不特别麻烦的话。"

她说没什么麻烦的。丘姆-丘姆和我坐在山墙外面的桌子旁边。他的妈妈端来一大盘子甜点心、草莓酱和牛奶,丘姆-丘姆和我大吃起来,我们撑得肚子都要炸了。我们互相看着、笑着,我真高兴这里有丘姆-丘姆。一只白色的鸟儿飞过来,从我的盘子里叼走一小块甜点心,这时候我和丘姆-丘姆笑得

更开心了。

正在这个时候,我的父王和玫瑰园管理人,也就是丘姆-丘姆的父亲来了。我突然感到有些担心,我的父王可能不喜欢我坐在这里吃饭和高声大笑,因为我当时还不知道我的父王是那么善良,不管我做什么他都喜欢我,不管我怎么笑他都高兴。

当我的父亲看见我时,他停住了。

"米欧,我的米欧,你坐在这里大笑呢!"他说。

"是,很对不起。"我说,因为我想我的父王会像西克斯

顿叔叔和艾德拉阿姨那样不喜欢我高声大笑。

"多多地笑吧。"我的父王说。然后他转向玫瑰园管理人，说了些不寻常的事。

"我喜欢鸟儿叫，"他说，"我喜欢我的银杨树奏出的音乐，但是我更喜欢我的儿子在玫瑰园的笑声。"

这时候我第一次明白，我永远也不必害怕我的父王。不管我做什么，他都会用慈祥的眼睛看着我，就像现在这样，他把手放在玫瑰园管理人的肩膀上，各种白色的鸟儿在周围飞个不停。当我明白了这一点的时候，我变得比我一生中任何时候都高兴。我高兴极了，我一定要更大声地笑。我笑得前仰后合，把周围的鸟都吓惊了。丘姆－丘姆以为我还在笑那只从我的盘子里抢甜点心吃的鸟儿，所以他也笑了起来，我的父王、丘姆－丘姆的爸爸、妈妈也跟着笑了起来。我不知道他们在笑什么，我只知道我自己是因为我的父王的原因。

当我和丘姆－丘姆吃完饭以后，我们又跑到玫瑰园。我们在草地上翻筋斗，在玫瑰丛后边捉迷藏。那里有很多藏身之地，如果泰格纳尔公园和周围地区有这里十分之一的藏身之地，我和本卡就会非常高兴。我的确切意思是，本卡将会很高兴——我自己永远不需要再在泰格纳尔公园玩捉迷藏，找藏身之地。

天渐渐黑了，整个玫瑰园笼罩着一层蓝色薄雾。鸟儿不再

歌唱，四处寻找自己的窝。银杨树叶也沉静下来，玫瑰园里非常宁静。在那棵最高的银杨树顶上，站着一只黑色的大鸟，它孤独地唱着歌。它唱得比所有白色的鸟加起来还要好听，我感觉到，它在为我歌唱。但是我不愿意听，因为它唱得我直伤心。

"夜晚来临了，"丘姆－丘姆说，"我该回家了。"

"不，请你不要走。"我说，因为我实在不愿意一个人听这种奇怪的歌。

"丘姆－丘姆，那只是什么鸟？"我指着那只黑色的鸟儿说。

"我不知道，"丘姆－丘姆说，"我总是叫它伤心鸟，就是因为它是黑色的。不过它可能有其他的名字。"

"我不相信我会喜欢它。"我说。

"我喜欢它。"丘姆－丘姆说，"伤心鸟的眼睛多慈祥啊，晚安，米欧。"说完他就跑了。

正巧我的父王走过来了。他拉住我的手，我们经过玫瑰园回家。伤心鸟继续唱着，但是此时我拉着父王的手，听到歌也没有感到伤心，我反而希望它多多地唱。

在我们走出大门之前我看到的最后景象是，伤心鸟展开黑色的宽大翅膀，直入云天。我看到三颗小星星开始在天空中闪闪发亮。

米拉米斯

我不知道,本卡看见我那匹长着金色马鬃的白马时会有什么感想,我的米拉米斯长着金色马蹄和马鬃。

本卡和我都喜欢马。我住在乌普兰大街的时候,我的朋友不只是本卡和兰婷阿姨,还有一位我忘记说了,就是卡勒·彭特,这是属于啤酒酿造厂的一匹老马。每周啤酒厂的马车给乌普兰大街的那家商店送几次啤酒,在绝大部分情况下都是正赶我上学的时候来。我经常路过那里,跟这匹马讲上几句话。这是一匹很温驯的老马,我给它方糖和面包边角吃。本卡也这样做,因为他也喜欢卡勒·彭特。他说卡勒·彭特是他的马,我说是我的,有时候我俩为卡勒·彭特伤了和气。但是当本卡听不见的时候,我就小声在卡勒·彭特的耳边说:"不管怎么说你是我的马!"我觉得卡勒·彭特好像明白了我的意思,并且同意我的观点。如你所知,本卡有爸爸、妈妈,一切应有尽有,在这种情况下他不像我孤身一人那样需要一匹马。我确

信，卡勒·彭特属于我比属于本卡更合理。说实在话，卡勒·彭特根本不是我们的马，而是啤酒厂的。我们只是假装它是我们的。但是我装得太像了，我简直相信它就是我的。有时候我跟卡勒·彭特讲起话来没完没了，上学都迟到了。当女教师问我为什么迟到的时候，我不知道怎么回答，因为我不能告诉老师，我仅仅是因为跟一匹啤酒厂的老马讲话才迟到。有时候啤酒厂的车迟迟不来，我只得跑到学校，这样就见不到卡勒·彭特了。啤酒厂老头儿的磨蹭劲儿真让我生气。我坐在课桌旁边，用手揉着口袋里的方糖和面包边角，我想念卡勒·彭特，我想，要过好几天我才能看到它。这时候女教师说：

"布赛坐在那里叹息什么？有什么伤心事情？"

我没有回答，我能回答什么呢！女教师永远不会明白，我是多么喜欢卡勒·彭特。

现在我可以说，它属于本卡一个人啦，这样确实不错。对本卡来说，当我远走高飞的时候，卡勒·彭特在他身边是一种安慰。

如今我自己有了长着金色马鬃的米拉米斯，我是这样得到这匹马的。

有一天晚上，在睡觉之前，我和父王一边搭飞机模型一边谈话，就像本卡和他爸爸经常做的那样。我对我的父王讲起了卡勒·彭特的事。

"米欧,我的米欧,"我的父王说,"你喜欢马?"

"啊,还行吧。"我说。这话听起来好像我不是特别喜欢马,而仅仅是为了别让我的父王以为我在他这里缺什么。

第二天早晨,当我来到玫瑰园的时候,一匹白色的马朝我飞奔而来,我从来没有看到过一匹马像它这样奔驰。金色的马鬃随风飘动,金黄的马蹄在阳光下闪亮。它朝我飞奔而来,我从来没有听到过这样疯狂嘶鸣的马。我吓坏了,紧紧靠在我父王的身边。但是我的父王用结实的大手抓了一把马鬃,这时候马立即停下了,然后它把柔软的鼻子伸进我的口袋,看有没有

方糖。跟卡勒·彭特经常做的一样,我确实有一块方糖,出于老习惯,我只带了一块。马叼起方糖吃进肚子里。

"米欧,我的米欧,"我的父王说,"这是你的马,它叫米拉米斯。"

啊,我的米拉米斯,我第一眼就喜欢上它了。它是世界上最漂亮的马,一点儿也不像卡勒·彭特那样老朽、疲倦,至少我看不出有何相似之处。只有当它抬起漂亮的头看我时,我才发现它有着与卡勒·彭特相同的眼睛。那样忠诚,那样忠诚的眼睛——两匹马共有的。

我长这么大从来没骑过马,但是现在我父王把我抱到马背上。

"我不知道我是否敢骑马。"我说。

"米欧,我的米欧,"我的父王说,"你难道没有一颗英勇无畏的心?"

这时候我抓住马缰绳,在玫瑰园里骑。我骑马经过银杨树底下,银树叶不停地碰我的头发。我越骑越快,越骑越快,米拉米斯跳过高高的玫瑰篱笆。它跳得那么轻松、优美,只有一次碰到篱笆,玫瑰叶雨点似的飘落下来。

正在这个时候丘姆-丘姆来了,他看见我正在骑马。他一边拍手一边喊:

"米欧在骑米拉米斯,米欧在骑米拉米斯!"

这时候我勒住马,问丘姆-丘姆是否也想骑。他当然想,他敏捷地爬到马背上,坐在我身后,我们奔驰在玫瑰园外面的绿色草地上。这是我一生中经历的最有趣的事情。

我父王的国家很大,遥远之国是所有国家中最大的一个。它从东向西,从南向北绵延不断。我父王设有王宫的岛叫绿色草地岛,但是这个岛只是遥远之国的一小部分,是很小很小的一部分。

"海对面的陆地和远处的山也属于我们国王大人。"这是

我们一起在玫瑰园外面的绿色草地上骑马时丘姆－丘姆说的。

当我们在阳光下骑马奔驰时，我想到了本卡，可怜的本卡此时此刻大概正站在乌普兰大街的细雨和黑暗中，而我们却在绿色草地岛上骑马作乐。这里美不胜收，绿草如茵，到处鲜花盛开，绿坡平缓，清澈的河水顺坡而下，毛茸茸的小白羊在悠闲地吃草。

一个小牧童一边走一边吹木笛，这是一首奇特的曲子，我觉得我过去听到过，只是不知道在什么地方。我在乌普兰大街肯定没听到过。

我们停下来和牧童讲话，他叫努努。我说我能不能借一下他的笛子，他答应了。他教我吹这首曲子。

"我可以给你们每一个人都做一支笛子，"努努说，"如果你们愿意的话。"

我们说，我们当然希望每个人都有自己的笛子。一条小河从附近流过，一棵垂柳把枝伸向水面。努努跑过去，砍下一个柳枝。我们坐在河边，用脚拍打河水，努努为我们削制笛子。丘姆－丘姆也学会吹这首奇特的曲子。努努说，这是一首古老的曲子，比世界上任何曲子都古老。努努说，牧民们早在几千年以前就吹这首曲子。

我们感谢他为我们制作木笛，也感谢他教我们吹这首曲子。然后我们骑上马继续往前走。我们走了很远很远以后，还

林格伦作品选集
LINGELUN ZUOPINXUANJI

Miou, wodemiou 米欧，我的米欧

能听到努努的笛声。

"我们一定要珍惜我们的笛子,"我对丘姆－丘姆说,"如果我们走散了,我们就吹这首曲子。"

丘姆－丘姆用力搂住我的腰,免得从马上掉下去。他把头紧紧贴在我的背后说:

"好,米欧,我们一定要爱护我们的笛子,如果你听到我的笛声,你应该马上知道是我在叫你。"

"说得对,"我说,"如果你听到我吹这首曲子,你也应该马上明白,是我在叫你。"

"对。"丘姆－丘姆说。他用力搂着我,我想他是我最好的朋友。当然是除了我的父王之外,我喜欢我的父王胜过世界上其他任何人。但是丘姆－丘姆像我一样是个男孩,当现在我再也见不到本卡的时候,他就成了我最要好的朋友。

啊,真是太好了,我有了父王、丘姆－丘姆和米拉米斯。我风驰电掣般地穿过绿色的山冈和草地,我兴高采烈是不足为怪的。

"我们怎么样才能到达海那边的陆地和遥远的群山呢?"我问。

"通过黎明桥。"丘姆－丘姆说。

"黎明桥在哪里?"我问。"我们马上就会看到。"丘姆－丘姆说。果然如此,这是一座很高很长的桥,一眼看不到头,

桥在阳光下闪闪发亮,看起来就像金色的光束组成的。

"这是世界上最长的桥,"丘姆-丘姆说,"它把绿色的草地岛和海对面的大陆连接起来,但是夜间我们的国王大人下令把桥封锁起来,以便我们能在绿色草地岛上安心睡觉。"

"为什么?"我问,"谁会夜里来?"

"骑士卡托。"丘姆-丘姆说。

当他这样说的时候,好像有一阵刺骨的寒风吹过,米拉米斯开始打战。

"我第一次听到骑士卡托的名字,"我高声对自己这样说,"骑士卡托。"我说的时候,一边说一边浑身发冷。

"对,残暴的骑士卡托。"丘姆-丘姆说,米拉米斯一声长嘶,就像在喊叫。这时候我们不再提骑士卡托的事。

我想骑过黎明桥,但是我首先要征得父王的同意,所以我们转身回玫瑰园,今天不再骑马了。我们给米拉米斯刷毛,梳马鬃,用手抚摩它,我们还把从丘姆-丘姆的妈妈那里要来的方糖和面包边角喂它。

然后我和丘姆-丘姆在玫瑰园里搭一间草房,我们坐在里边吃饭。我们吃白糖摊饼,这是我所知道的最好的饭。本卡的妈妈经常做这种摊饼,我有的时候也尝一尝,但是丘姆-丘姆的妈妈做得更好吃。

建草房非常有意思,这是我向往已久的事。本卡讲过很多关于他在瓦克斯霍尔姆别墅院子里建草房的事情。我确实希望我能写信告诉他,我和丘姆-丘姆建的草房,"请你注意,我建的草房非常漂亮,"我将这样写,"请你注意,我们在遥远之国建的草房非常漂亮。"

如果我们为星星演奏，它们能感知吗？

第二天我们又骑马去找努努，一开始我们找不到他，但是后来我们听到他在一个山坡后面吹笛子。他坐在那里，自己吹自己听，他的绵羊在周围吃草。当他看见我们时，从嘴边拿开笛子，吐了一点儿唾沫，然后笑着说：

"你们又来啦！"

看样子他对我们又来找他感到非常高兴。我们拿出自己的笛子，三个人一同吹起来。我们吹的曲子非常好听，我不知道，我们怎么会吹出这样动听的曲子。

"真可惜，我们吹得多好这里也没有一个人听。"我说。

"青草在听我们演奏，"努努说，"还有花、风、树都在听我们演奏，就是把树枝伸向小河的柳树。"

"它们在听？"我问，"它们喜欢吗？"

"喜欢，它们非常喜欢。"努努说。

我们为青草、花、风和树演奏了很长时间。但是我仍然觉

得没有什么人听我们演奏是很遗憾的,这时候努努说:

"到我们家,给我奶奶演奏,如果你愿意的话。我住在我奶奶家里。"

"她住得离这儿远吗?"我问。

"远,如果我们边走边演奏就不显得远了。"努努说。

"对,对,如果我们边走边演奏,就不显得远了。"丘姆-丘姆说。他也愿意我们去给努努的奶奶演奏,我当然也愿意。

在童话里总是会出现和善的老奶奶。但是真正活生生的老奶奶我从来没有见过,尽管生活中有很多,因此我觉得拜访努

努的奶奶是非常有意思的。

我们必须把努努所有的小羊都带着,还有米拉米斯,这样我们就变成了一大队人马。丘姆-丘姆、努努和我走在前面,然后是绵羊和小羊,米拉米斯慢慢腾腾地走在最后,慢得与卡勒·彭特差不多。我们吹着笛子走过山坡。小羊羔大概不知道我们要到哪里去,但是它们肯定认为很开心,因为它们自始至终围着我们又蹦又跳。

我们走了很多小时、穿过很多山冈以后,来到了努努的家。房子也像是童话中的,一栋小巧的茅草房子,房子外边盛开着丁香和茉莉。

"别说话,我们应该给奶奶一个惊喜。"努努说。

窗子开着,我们能够听到屋子里有人。我们——努努、丘姆-丘姆和我,在窗子旁边站成一队。

"一、二、三,"努努说,"开始。"

我们开始演奏。我们演奏一首很有趣味的曲子,小羊羔听了又蹦又跳。窗子后面出现一位老太太,样子非常慈祥,这是努努的奶奶,她抱着拳说:

"啊,多么动听的音乐!"

我们为她演奏了很长时间,她自始至终站在窗子旁边听。她的年龄很大,样子有点儿像童话中的人物,尽管她是一位活生生的老奶奶。

随后我们走进屋子,努努的奶奶问我们饿不饿,我们都说饿了,于是她拿出一个大面包,从上面切下很多片给我们吃。面包又松又脆,是我有生以来吃过的最好吃的面包。

"啊,多好吃的面包,"我对努努说,"这是什么面包?"

"我不知道是不是一种特殊的面包,"努努说,"面包能治饿,我们平常叫它治饿面包。"

米拉米斯也想和我们一起吃。它把头伸进开着的窗子,小声叫着。我们笑它,因为它的样子很滑稽。努努的奶奶用手抚摩着它的鼻子,给它也吃了一块这种很香的面包。

后来我感到渴了,当我告诉努努的时候,他说:

"跟我来。"

他把我们带到院子里,那里流着一股清凉的泉水。努努往泉里放下一只木桶,打上泉水,然后我们喝泉水。泉水清

凉、甘甜，我从来没喝过这样好的泉水。

"啊，多好喝的泉水，"我对努努说，"这是什么泉？"

"我不知道是不是一种特殊的泉，泉水能止渴，我们平常就叫它止渴泉。"

米拉米斯也渴了，我们给它泉水喝，羊羔和绵羊也喝了泉水。

努努一定要带着羊群回山冈放牧。他对奶奶说，他要带着和羊群一起在草地上过夜时围在身上御寒用的斗篷，她拿出一件棕色的斗篷递给他。我觉得努努能在草地上过夜真是幸福，我从来没有这样做过。本卡和他的爸爸、妈妈经常骑自行车野游，有时候他们住在帐篷里过夜。他们在长着树木的山坡上宿营，躺在睡袋里过夜。本卡总是说，这是他知道的最有意思的事，我也这样认为。

"我能在外边睡一整夜吗？"我对努努说。

"你当然可以，"努努说，"跟我一起去！"

"不行，"我说，"如果我不回家，我的父王会担心的。"

"我可以给我们的国王大人捎信去，告诉他你到草地上过夜去了。"努努的奶奶说。

"也告诉我父亲一声。"丘姆－丘姆说。

"也给玫瑰园管理人带个信儿。"努努的奶奶说。

丘姆－丘姆和我都很高兴，我们又蹦又跳，胜似小羊羔。

但是努努的奶奶看了看我们身上穿的唯一的很短的白色毛衣以后说：

"天下露水的时候，你们会着凉的。"

后来她突然伤心了，用低沉的声音说：

"我还有两件斗篷。"

她走到墙角里，从一个旧箱子里拿出两件斗篷，一件红的，一件蓝的。

"我们的斗篷。"努努说，样子也很伤心。

"你的两位兄弟在哪儿？"我问。

"骑士卡托，"努努小声说，"残暴的骑士卡托把他们抓走了。"

当他说这件事的时候，米拉米斯在外面长嘶起来，就好像有人用鞭子打它。所有的羊羔都惊恐地跑回母亲的身边，所有的绵羊都咩咩地叫起来，好像它们的末日到了。

这时候努努的奶奶给了我那件红色的斗篷，给了丘姆－丘姆那件蓝色的。她给了努努一个能治饿的面包，一罐能止渴的泉水，然后我们顺原路返回山冈。

我为努努兄弟被抓的事感到难过，然而我仍然难以抑制将在草地上夜宿的兴奋。

当我们走到靠河边的那棵柳树时，我们停下来，努努说我们在那里宿营。

我们真的那样做了。我们点燃了一堆火,一堆又大又温暖又舒服的火。我们坐在火堆旁边,吃能治饿的面包,喝能止渴的泉水。天下露水了,夜幕降临了,但是没关系,因为火堆周围很明亮很温暖。我们披上斗篷,紧靠火堆躺下,我们周围睡着绵羊和羊羔,米拉米斯在附近吃草,我们躺在那里,听风哗哗地吹着青草,看远方点燃的篝火。很多很多堆篝火在夜里燃烧,因为绿色草地岛上有很多很多牧民。我们听见他们在黑暗中演奏那首古老的乐曲,努努说牧民们千百年来一直这样演奏。我们听到的曲子是一位我们不认识的牧民演奏的,但是他通宵为我们演奏,好像这首曲子跟我有某种特殊的关系。

天上群星闪耀,是我看到过的最大最明亮的星星,我躺着,看着它们。我仰卧着,在红色的斗篷里舒舒服服地看着它们。这时候我突然想起,我们曾经为青草、鲜花、清风和树木演奏,努努曾经说,它们很喜欢

听。但是我们没有为星星演奏过,如果我们为星星演奏,它们会感知吗?这正是我要知道的。我问努努,他说他相信这一点。这时候我们在火堆周围坐起来,拿出我们的木笛,为星星演奏了一小段乐曲。

晚上会讲故事的井

我从来没有见过海对岸山那边的国家，但是有一天当我和父王在玫瑰园里散步时，我问他我能不能骑马过黎明桥。我的父王停住脚步，用双手捧住我的脸，他看着我，既慈祥又严肃。

"米欧，我的米欧。"他说，"你可以任意在我的国家旅行，你可以在绿色草地岛上玩，或者骑马到海对岸山那边的大地去。如果你愿意，从东到西，从南到北，任你行任你走，只要米拉米斯驮得动你。但是有一件事你要知道，那就是域外之国。"

"谁住在那里？"我问。

"骑士卡托，"我的父王说，他的脸上立即笼罩了一层阴影，"残暴的骑士卡托。"

当他提到这个名字时，好像有一股邪恶、危险的风吹过玫瑰园。白色的鸟飞回自己的巢，那只伤心鸟高声叫着，扇动着

黑色的巨大翅膀，转瞬间很多玫瑰花枯萎了。

"米欧，我的米欧，"我的父王说，"你是我最亲近的人，我一想起骑士卡托，心情就特别沉重。"

这时候银杨树飒飒作响，就像风暴已经吹打着它们，很多树叶被吹落到地上，落下时好像有人在哭。我感到我很害怕骑士卡托，很害怕，很害怕。

"你的心情沉重就不要再想他了。"我说。

我的父王点点头，并且拉住我的手。

"你说得对，"他说，"还有很短一段时间我不必想骑士卡托，还有很短一段时间你可以吹木笛和在玫瑰园里搭草房。"

我们继续往前走，找一找丘姆－丘姆。

我的父王在他辽阔的国土上日理万机，但是他总能抽出时间和我在一起。他从来没有说过："滚开，我现在没有时间！"他很喜欢和我在一起，每天早晨他都和我在玫瑰园里散步。他告诉我鸟儿在什么地方筑窝，看我们的草房，教我骑马，跟我和丘姆－丘姆无所不谈。他也和丘姆－丘姆谈得来，这一点我特别喜欢。跟本卡的爸爸经常跟我聊天一样，本卡爸爸跟我谈起来非常有意思，这时候本卡也显得很满意，好像他在想："尽管他是我的父亲，但是我喜欢他也和你讲话。"这正是我的父王在跟丘姆－丘姆讲话时我本人的感受。

但是丘姆－丘姆和我做长途骑马旅行肯定是一件好事，不

然我的父王哪里有时间处理各种国家大事。有时候我们需要离开很长很长一段时间，不然我的父王只得整天和我泡在一起，而不能处理他要解决的问题。有丘姆－丘姆、米拉米斯和我在一起也不错。

啊，我的米拉米斯，骑在你的背上多么舒服。我的米拉米斯第一次驮着我穿过黎明桥的情景我一辈子也忘不了。

当护桥人刚刚放下吊桥时，正是黎明时刻。嫩绿的草上布满露水，米拉米斯金色的蹄子沾湿了，但是没有关系。我和丘姆－丘姆有点儿困，因为我们起得太早了，但是空气凉爽、清新，吹到脸上感到很舒服，我们骑马穿过草地时才完全清醒。太阳升起时，我们正好来到黎明桥边。我们骑马上了桥，感到像是在万丈光芒上骑马一样。桥飞跨大海，我们往下看时，感到头晕目眩。我们骑马通过的桥是世界上最高、最长的桥。米拉米斯的马鬃在阳光下闪光发亮，它越跑越快，越跑越快，我们在桥上越走越高，米拉米斯的蹄子发出雷鸣般的响声。一切都显得很开心，很快我将看到海对岸的大地，很快，很快。

"丘姆－丘姆，"我喊叫着，"丘姆－丘姆，你不高兴吗？这里不开心吗……"

这时候我突然看到可怕的事情发生了：米拉米斯径直地朝深渊奔驰过去，桥到头了。桥正好在半空中到头了，因为护桥人还没有把吊桥放好。桥没有连接到海对面的陆地，前边是一

大块悬空,没有任何桥,只是一片深渊。我过去从来没有这样害怕过,我想叫丘姆-丘姆,但是叫不出来。我竭力拉住米拉米斯的缰绳,想让它停下来,但是它不听我的。它疯狂地长嘶着,继续朝死亡飞奔,它的蹄子雷鸣般地响着。我别提多害怕了!我们很快就会跌进万丈深渊,当它带着飞扬的马鬃跌进深渊的时候,我将再也听不到它蹄子的响声,只能听到它的呻吟。我闭上双眼,想起了我的父王。米拉米斯的蹄子像雷鸣一样响着。

突然我听不到雷鸣般的响声,但是我仍然能听到蹄子的响

声,只是与刚才大不一样。有一种嗖嗖的声音,好像米拉米斯在某种柔软的东西上奔跑。我睁开眼睛看,这时候只见米拉米斯在空中奔驰。啊,我的长着金色马鬃的米拉米斯,它在空中奔跑跟在地上一样轻松!它能奔上白云,跳上星星,只要它愿意。除我之外,大概谁也没有这样的好马。谁也体会不到,骑在这样一匹马的马背上往来云端、俯视阳光中的海对岸的大地,是一种什么滋味。

"丘姆-丘姆,"我喊叫着,"丘姆-丘姆,米拉米斯能在云彩上飞奔。"

"你不知道吗?"丘姆-丘姆说,好像此事根本不值得一提。

"不知道,我怎么会知道呢?"我说。

这时候丘姆-丘姆笑起来。

"你知道的事情实在太少,米欧。"他说。

我们长时间地骑着马在高空奔驰,米拉米斯跳到几块很小的白色云团上,又惊险又有意思,但是最后我们还是想回到地上。米拉米斯慢慢地朝地面下降,当我们到了海对面的陆地时,我们停住了。

"这块绿色草地给你的米拉米斯,"丘姆-丘姆说,"我们拜访吉利时,让它在这里吃草。"

"谁是吉利?"我问。

"你会看到,"丘姆-丘姆说,"吉利和他的兄弟姐妹就住在附近。"

他拉住我的手,把我带到附近的一栋房子前。这是一栋很小的白色草顶房子,也像童话中的那类房子。为什么一栋房子看起来就像童话中的一样,有时候很难解释,可能是因为空中某个东西造成的,也可能是因为房子周围长满了古树,或者是因为院子里的鲜花放出的清香有点儿童话味道,也可能是因为完全另外的原因。在吉利前边的院子里有一口圆形的老井,我几乎相信,吉利的房子看起来像童话中的房子是因为这口井造成的。因为这类井如今已经没有了,至少我以前从未见到过。

井周围坐着五个孩子,年龄最大的是一个男孩子,他满面笑容,样子非常和善。

"我看见你们来了,"他说,"你们有一匹好马。"

"它叫米拉米斯,"我说,"这是丘姆-丘姆,我叫米欧。"

"我已经知道了,"男孩说,"我叫吉利,这是我的兄弟和姐妹。"

他自始至终显得和蔼可亲,他的兄弟和姐妹也是一样,好像他们对于我们的到来感到非常有意思。

乌普兰大街从未有过类似的情景,在那里一有生人走近,男孩子们就会像饿狼一样吼叫起来,至少对和他们不亲密的人

是这样。他们总要找一个人作对,不让他和大家一起玩。在多数情况下这个人就是我,只有本卡总愿意和我一起玩。那里有一个大孩子叫扬纳,我从来没招过他惹过他,但是他一看见我就说:"快滚开,不然我一拳就让你根儿屁着凉①。"在这种情况下我说什么也不得参加弹球或其他游戏,因为其他的人都站在他那边,说同样的话,扬纳比他们都大。

习惯了扬纳霸道的人,遇到像吉利、丘姆-丘姆、努努以及吉利的兄弟姐妹这类自始至终友善的人会受宠若惊。

丘姆-丘姆和我挨着吉利坐在井边上。我朝井下看了看,井很深,井底的东西什么也看不见。

"你们怎么从井里打水?"我问。

"我们不从里边打水,"吉利说,"这不是一般的水井。"

---

① 俗语,意为昏过去。

"那是什么井呢?"我问。

"我们平时叫它晚上会讲故事的井。"吉利说。

"为什么这样叫?"我说。

"等天黑下来你就明白了。"吉利说。

我们整天都待在吉利他们家里,在古树下做游戏。我们肚子饿的时候,吉利的妹妹米努娜-尼尔就跑到厨房,拿来面包给我们吃。这里的面包也能治饿,我觉得跟过去吃过的面包一模一样。

我在古树的草丛中找到一把小勺子,一把银制的小勺子,我把勺子给吉利看。这时候他显得很伤心。

"我们妹妹的勺子,"他说,"米欧找到了我们妹妹的勺子。"他对弟弟妹妹说。

"你们的妹妹在哪儿?"我问。

"骑士卡托,"吉利说,"残暴的骑士卡托把她抢走了。"

当他提到这个名字时,周围的空气立即冷若冰霜。长在院子里的那棵很大的向日葵立即枯萎而死,很多蝴蝶折断了翅膀,永远也不能再飞翔。我感到,我很害怕骑士卡托,很害

怕,很害怕。

我想把小银勺还给吉利,但是他说:

"你保留我们妹妹的这把勺子吧,她永远也不再需要它了,勺子是你找到的。"

当他的兄弟姐妹听到,他们的妹妹永远也不再需要勺子时,他们都哭了。但是我们马上又做起游戏,不再想那些伤心的事。我把勺子装进口袋,也不再多想它。

但是当我们做游戏时,我自始至终盼望着夜晚的到来,我渴望更多地了解那口奇特的水井。

白天过去了,夜幕降临了。这时候吉利和他的兄弟姐妹们奇怪地互相看着,吉利说:"——时间到了!"

我们走过去,坐在井台上。丘姆-丘姆和我紧挨着。

"请大家绝对安静。"吉利说。

我们安安静静地坐着,等待着。古树之间越来越黑。吉利的房子看起来更像童话中的样子,它矗立在灰色、奇妙的黑暗中,不是一种漆黑的颜色,因为它仅仅是一种晚霞的余晖。一种灰色、奇妙和古老的气氛笼罩着房子、树木,特别是水井,我们围成一圈坐在井台上。

"请大家绝对安静。"尽管我们很长时间也没说一句话,吉利还是小声叮嘱大家。我们默默地坐了很长时间,树与树之间变得更加昏暗,四周也更加寂静,我什么也没听见。

但是突然我听到了什么,没错儿,我听见了。我听见井底下有人开始小声说话,在井下很深很深的地方有人在嘟嘟囔囔地小声说话。这是一种很奇特的声音,和其他声音一点儿都不一样,那个声音在小声讲故事。故事也不同于其他的故事,比世界上所有的故事都要美丽动听。几乎没有任何东西像我喜欢的这些故事那样,我趴在井台上听井下的声音讲故事,百听不厌。有时候那个声音还唱歌,那是最美丽、最动人的歌。

"这确实是一口非常奇特的水井。"我对吉利说。

一口装满故事和歌曲的水井,据我所知这是绝无仅有的。一口装满被人忘却的故事和歌曲的水井,这些故事和歌曲很久以前曾流传于世,但是后来人们忘却了。只有这口水井还记得这些故事和歌曲,每天晚上它讲给人们听,

或唱给人们听。

我记不得我们到底在那里坐了多久。树木之间越来越黑,井下的声音越来越小。最后我们什么也听不见了。

但是远处的绿色草地上米拉米斯长嘶起来。它大概想提醒我,我必须赶快回家,回到我的父王身边。

"再见,吉利!再见,米努娜－尼尔!大家再见了!"我说。

"再见,米欧!再见,丘姆－丘姆!"吉利说,"欢迎很快再来!"

"好,我们一定再来。"我说。

我们拉来米拉米斯,骑到它的背上,它全速朝家的方向飞奔。这时候天不再黑暗,因为明月当空,照耀着所有的绿色草地和平静的树木,它们变成了银白色,就像我父王玫瑰园里的银杨树一样。

我们来到黎明桥,但是我几乎认不出来,它完全变了样。看起来它就像由银丝建造的。

"夜里它有另外一个名字。"我们骑马走上大桥的时候丘姆－丘姆说。

"夜里它叫什么名字?"我问。

"月光桥。"丘姆－丘姆说。

我们走上护桥人马上就要拉起吊桥的月光桥,看到远处绿

色草地岛上的牧民们燃起的一堆一堆的火,似乎是小堆的篝火。整个世界非常非常的寂静,除了米拉米斯的蹄子踏在月光桥的响声以外,别的什么也听不见。米拉米斯在月光中就像一匹鬼魂之马,它的马鬃不再是金黄色的,而是银白色的。

我回想着晚上会讲故事的水井和我听过的一个我特别喜欢的故事。开头是这样的:

有一次一位王子在月光下骑马。……

想想看,说不定就是我!我就是一位王子。

我们渐渐靠近绿色草地岛,米拉米斯的蹄子像雷鸣一样响着。我一直想着那个故事,我觉得它好听极了:

有一次一位王子在月光下骑马……

通过幽暗的森林

我住在西克斯顿叔叔和艾德拉阿姨家里的时候，我从图书馆借童话书看，但是艾德拉阿姨对此特别反感。

"你又抱着一本书没完没了地看，"她说，"所以你长得瘦小、苍白和可怜——总不愿意像其他的孩子那样到外边去玩。"

我当然在外边玩——几乎总是在外边，但是艾德拉阿姨和西克斯顿叔叔希望我永远别回家。我能想到，他们现在高兴了，我永远也不会再回去了。

我只是在晚上读一点书，所以我不会脸色苍白。我多么希望艾德拉阿姨能够看到，如今我是多么高大、强壮，脸色是多么黝黑，我被太阳晒得油黑发亮，身体强壮有力。如果现在我还住在乌普兰大街上，我肯定一只手就会把扬纳的胳膊拧过来。不过我无论如何不会那样做，因为我不愿意。

如果艾德拉阿姨能听到晚上会讲故事的井的事情，我不知

道她会说什么。如果她能知道,我不需要抱着一本书没完没了地读,读得脸色苍白,而是坐在空气新鲜的室外想听多少故事就能听多少故事,她会说什么呢?也许艾德拉阿姨也认为不错,尽管平时她对什么都不满意。

啊,要是她能知道遥远之国有一口能讲故事的井该多好啊。

从前有一位王子在月光下骑马。他通过幽暗的森林……

这是那口井说的,我不禁又想起了那个故事。我觉得那口井讲的这个故事有某种特殊的含义。我就是王子,我曾经骑马通过幽暗的森林,我一定要再一次通过那片森林。那口井为我讲、为我唱了整整一个晚上,就是要提醒我做这件事。

我问我的父王,他知道不知道幽暗的森林在哪里,他说他知道。

"幽暗的森林在山那边的大地上,"他说,他的声音一下子变得那么忧伤,"为什么你要知道这个?米欧,我的米欧?"

"今天夜里月亮出来的时候,我想去那里。"我说。

我的父王惊奇地看着我。

"啊,已经想好了。"他说,他的声音显得更悲伤了。

"你大概不愿意吧?"我说,"对于我在夜里骑马到幽暗的森林里去你可能不放心。"

我的父王摇摇头。

"不,我为什么不放心呢?"他说,"在月光下平静睡觉的森林没有什么危险。"

然而说完话以后他就默默地坐在那里,把头靠在手上,我看得出他有难言之隐。我走到他的身边,把手放在他的肩上安慰他,我说:

"你希望我留在你身边吧?"

他看了我很长时间,他的眼睛充满忧伤。

"不,米欧,我的米欧,你不需要待在我的身边。月亮已经升起,幽暗的森林等待着你。"

"你真的不伤心吗?"我问。

"不伤心,是真的。"他一边说一边用手抚摩我的头。这时候我跑步去问丘姆-丘姆,他是否愿意跟我一起去幽暗的森林。但是我刚跑几步,父王就叫住我:

"米欧,我的米欧!"

我转过身来,他站在那里,对我伸出双手,我迅速跑回去,扑到他的怀里,他用力搂了我很长时间。

"我很快就回来。"我说。

"好吧。"我的父王说,他说的声音很小很小。

我在玫瑰园管理人的房子外面找到了丘姆-丘姆,告诉他我要骑马通过幽暗的森林。

"好哇,你总算下了决心。"丘姆-丘姆说。

我不明白,为什么我决定骑马通过幽暗的森林时,我的父王说"啊,已经想好了",而丘姆-丘姆说"好哇,你总算下了决心"。但是我不在乎,不去想它。

"你想跟我一起去吗?"我问丘姆-丘姆。

丘姆-丘姆深深地吸了一口气。

"当然,"他说,"当然,当然!"

我们拉来正在玫瑰园吃草的米拉米斯,我对它说,把我们送到幽暗的森林去。这时候它跳起舞来,好像听到了盼望已久的好事。我们——丘姆-丘姆和我,很快骑到它的背上,它奔驰起来,像闪电一样快。

当我们出了玫瑰园的时候,我听见我的父王喊我。

"米欧,我的米欧。"他喊我的名字,这是我听到的最忧伤的声音。但是我无法回头,我无论如何回不了头。

山那边的国土离这里很远很远,没有米拉米斯这样的骏马我们无法到达那里,我们无法爬过高耸入云的大山,但是对米拉米斯来说不算什么,它能像鸟儿一样飞越山巅。我让它停在终年积雪的高山上,我们俯视山脚下等待我们的土地,那里分布着幽暗的森林。月光照耀着森林,样子一点儿不可怕。这话

说得对，在月光下沉睡的森林不会有什么危险。啊，我的父王说得对，这里的一切都很善良，不仅仅是人。森林、草地、河流、绿色的原野，都很善良，都不危险。黑夜像白天一样善良和友好，月亮像太阳一样明亮，黑暗是友善的黑暗。这里没有可怕的东西。

只有一件事令人胆战心惊，只有一件。

当我们骑在米拉米斯的背上时，我看到幽暗的森林后边的一个国家，那里一片漆黑，没有什么和善的黑暗，谁往那里看都会不寒而栗。

"那是一个多么可怕的国家呀！"我对丘姆－丘姆说。

"域外之国从那里开始，"丘姆－丘姆说，"那是与域外之国接壤的地区。"

"骑士卡托的国家。"我说。

这时候米拉米斯颤抖起来，就像它受冻一样。大块的石头从山体上滑下来，带着巨大的轰鸣落在下边的山谷里。

啊，只有一个人是危险的——骑士卡托。谁都会怕他，怕他，怕他。但是我不愿意多想他。

"幽暗的森林，"我对丘姆－丘姆说，"幽暗的森林，我现在想去那里。"

这时候米拉米斯长嘶起来，它的叫声在树冠中间猛烈地回荡着，它慢慢地从空中朝山脚下洒满月光的森林飞去。从森林

林格伦作品选集
LINGELUN ZUOPINXUANJI

Miou,wodemiou 米欧，我的米欧

里传出一个回声,就像几百匹马在夜里长嘶。

我们下沉,下沉,直到米拉米斯的蹄子碰到树冠……那么柔软,那么柔软。我们降落在葱翠的树枝上,就这样我们到了幽暗的森林。

我过去到过的森林不多,但是肯定没有一个像这个,幽暗的森林有一个秘密。那里有一个很大、很奇特的秘密,我感觉到了,但是月亮在它的上面蒙了一层薄纱,所以我还不能确切知道,现在还不知道。树飒飒地响,它们在述说这个秘密,但是我听不懂。树静静地站在那里,身上洒满月光,它们小声谈论着秘密,但是我不明白。

我突然听到远方的马蹄声响,就像几百匹马在夜间一起奔跑。当米拉米斯长嘶时,它们也长嘶,好像是回答。马蹄声越来越近,马嘶声越来越粗野,突然它们出现在我们头顶,几百匹白马飘散着马鬃,就像米拉米斯一样。米拉米斯立即跑进马群里,它们跑进一块平坦的林间草地。丘姆-丘姆和我跳下马,站在一棵树下,看着以米拉米斯为首的所有的白马在月光下疯狂地奔跑。

"它们太高兴了。"丘姆-丘姆说。

"它们为什么这样高兴?"我问。

"因为米拉米斯回到了家,"丘姆-丘姆说,"你不知道米拉米斯的家就在幽暗的森林里吧?"

"不知道,我真不知道。"我说。

"你知道的东西太少,米欧。"丘姆-丘姆说。

"那我是怎么得到米拉米斯的?"我问。

"我们的国王大人颁旨,命令他的一匹白马飞到绿色草地岛,变成你的马。"

我看着在月光下高高兴兴、活蹦乱跳的米拉米斯,顿时不

安起来。

"丘姆－丘姆,你认为米拉米斯必须待在我身边会伤心吗?"我问,"它可能怀念幽暗的森林。"

我说的时候,米拉米斯跑到我身旁。它把头靠在我肩膀上,静静地站了很长时间,只是小声地叫了几声。

"你看到了吧,它还是愿意待在你身边。"丘姆－丘姆说。

我对此感到很高兴。我抚摩着米拉米斯,给它一块方糖,它吃的时候,柔软的鼻子碰到了我的手。

我们骑马继续朝森林前进,几百匹白马跟在我们后面,我感觉到了空中那个秘密。整个森林都知道这个秘密,当我们骑马走来时,每一棵树木,所有的绿色的欧椴和白杨,都在我们头上沙沙作响,白马和被马蹄声惊飞的鸟儿都明白,就我除外。丘姆－丘姆是对的,他总是这样说:"你知道的东西太少,米欧。"

我们在树木中间奔驰,这时候白马群也奔驰起来。我们骑的速度很快,我的红色斗篷被挂在一个树枝上。可能是这棵树想把我留下,可能它想告诉我那个秘密,但是我非常急。我继续往前跑,结果我的斗篷被撕开一个大口子。

在森林的深处有一座房子,一座好像童话中的白色草顶小房子,周围种着苹果树,苹果花在月光下显得格外白。一扇窗子开着,人们可以听到屋里有响声,听起来好像有人在那里织布。

"我们看一看,谁在织布?"我对丘姆-丘姆说。

"好,我们看一看。"丘姆-丘姆说。

我们从米拉米斯的背上跳下来,沿着苹果树中间的小路朝小房子走去。我们敲门,里边的响声停止了。

"请进,小伙子们,"里边有一个人这样说,"我已经等

了很久了。"

我们走进房子,织布机旁边坐着一位织布的老人。她的样子很慈善,向我们行礼问好。

"你为什么夜里不睡觉而织布呢?"我问。

"我在织迷梦布,"她说,"织这种布一定要在夜间。"

月光通过窗子照射进来,照亮她的布,这种布有一种朦胧美。我从来没有看见过这样美的布。

"人们在夜里织童话布、迷梦布。"她说。

"你用什么材料织成这样好看的布?"我问。

她没有回答,而是又开始织布。织布机响了起来,她开始小声唱歌,好像给自己唱:

月光,月光,心的红色血浆,
银色,银色和紫色,
苹果花开,苹果花使布柔软、光滑,
比夜里吹拂青草的风还光滑。
但是伤心鸟在森林上空歌唱。

她唱得平静而单调,听起来不是很美。但是当她结束唱歌的时候,我想起了我在森林外边曾经听到的另外一支歌。这支歌我听出来了,织布的老人说得对——伤心鸟在森林上空歌

唱。它站在树冠上唱个不停,谁听了都会伤心。

"为什么伤心鸟要唱歌?"我问织布的老人。

这时候她哭了,她的眼泪掉在布上,立即变成了明亮的小珍珠,布比刚才显得更漂亮。

"为什么伤心鸟要唱歌?"我又一次问。

"它在歌唱我的小女儿,"织布的老人说,这时候她哭得更厉害了,"它在歌唱我被人抢走的小女儿。"

"是谁抢走了你的小女儿?"我问,其实我已经知道,我不需要再听。

"别提他的名字。"我说。

"对,因为一提他月光就要熄灭,伤心鸟会哭出血来。"

"为什么它们会哭出血来?"我问。

"因为小白马驹被抢走了,"织布的老人说,"听啊,伤心鸟在森林上空唱得多伤心啊!"

我站在屋里的地板中央,通过开着的窗子听伤心鸟在外边歌唱,它曾经在玫瑰园里为我歌唱很多个晚上,但是我不明白它在唱什么。现在我知道了,它在唱一切被抢走的人,有织布老人的小女儿,有努努的弟兄,有吉利的妹妹,还有很多很多其他的人,他们都是被残暴的骑士卡托俘获并被送到他的城堡的。

这就是绿色草地岛、海对面山那边小屋里人们伤心的原

因。他们为孩子们，为所有失踪的孩子们伤心。甚至幽暗森林中的白马也在为谁伤心，它们只要听到掠夺者的名字就会流出血泪。

骑士卡托！我很怕他，很怕，很怕！但是当我站在房子中央听伤心鸟歌唱的时候，我就产生了某种特殊的感觉。我突然明白了，我为什么要在夜里骑马通过幽暗的森林。过了幽暗的森林就是与域外之国接壤的边境地区，实际上那里才是我要去的地方。我一定要到那里去，与骑士卡托一决雌雄，尽管我很害怕，很害怕。啊，当我想到我必须做的事情时，我是那样的害怕，我只想哭。

织布的老人又织起布。她为自己又唱起了那支单调的民歌："月光，月光，心的红色血浆……"不再理我和丘姆－丘姆。

"丘姆－丘姆，"我说，我的声音很怪，"丘姆－丘姆，我现在想到域外之国去。"

"我已经知道了。"丘姆－丘姆说。

我吃了一惊。

"你怎么能知道呢？"我说，"连我自己刚才都不知道。"

"你知道的东西太少，米欧。"丘姆－丘姆说。

"但是你……你肯定什么都知道。"我说。

"对，我知道，"丘姆－丘姆说，"很久以前我就知道，

你肯定得去域外之国,大家都知道。"

"大家都知道?"

"对,"丘姆-丘姆说,"伤心鸟知道,这里的织布老人知道,几百匹白马知道,整个幽暗的森林都知道,树木小声谈论这件事,外边的青草和苹果花,大家都知道。"

"它们都知道?"我说。

"绿色草地岛上的每一个牧民都知道,为此夜里都用木笛演奏。努努知道,他的祖母知道,吉利和他的兄弟姐妹知道,晚上会讲故事的井知道,我告诉你大家都知道。"

"我的父王……"我小声说。

"你的父王自始至终都知道。"丘姆-丘姆说。

"他也希望我去?"我问。我控制不住自己,声音有点儿打战。

"对,他希望你去,"丘姆-丘姆说,"他有些伤心,但是他还是希望你能去。"

"好,不过我很害怕。"我一边说一边开始哭。因为现在我才真正感到我是多么害怕,我抓住丘姆-丘姆的手。

"丘姆-丘姆,我不敢,"我说,"为什么我的父王希望我一定要去?"

"一位王胄之子是唯一能完成此项任务的人,"丘姆-丘姆说,"只有一位王胄之子才能不虚此行。"

"但是如果我死了呢?"我一边说一边用力抓住丘姆-丘姆的手。

他没有回答。

"不管怎么说,我的父王还是希望我去吧?"

织布的老人已经停机,房子里很静。伤心鸟不叫了,树叶一动不动,一点儿沙沙声也没有。四周静极了。

丘姆-丘姆点点头。

"对,"他说,但是声音很低,我几乎听不见,"你的父王还是希望你去。"

这时候我害怕起来。

"我不敢,"我喊叫着,"我不敢!我不敢!"

丘姆-丘姆没有回答。他只是看着我,没说一个字。但是伤心鸟又叫起来,一听到它的叫声,就使人肝胆俱裂。

"它在歌唱我的小女儿。"织布的老人说,她的眼泪洒在布上,立即变成珍珠。

我握紧拳头。

"丘姆-丘姆,"我说,"我现在去,我去域外之国。"

这时候从幽暗的森林里刮来一阵风,从伤心鸟的嘴里发出一声尖叫,这声音在世界上的任何森林里都不会听到。

"我知道。"丘姆-丘姆说。

"再见,丘姆-丘姆,"我说,我觉得我又要哭了,"再

见吧,亲爱的丘姆-丘姆!"

这时候丘姆-丘姆看着我,他的眼睛是那么和善,非常像本卡。他微笑着。

"我跟你去。"他说。

他真够朋友,丘姆-丘姆,他确实够朋友。当他说他跟我去时,我高兴极了。但是我不愿意他出事。

"不,丘姆-丘姆,"我说,"你不能跟我一起去。"

"我跟着你,"丘姆-丘姆说,"人们传说,一位王胄之子骑着一匹长着金色马鬃的白马,带着他唯一的朋友作为随从。你不能更改已经流传下来几千年的事情。"

"已经几千年,"织布的老人说,"我记得,有一天晚上我栽苹果树的时候,风就说过这件事,离现在已经很久很久了,几千年了。"

她点点头。

"请过来,米欧,我给你补斗篷。"随后她说。

她剪下一块儿她织的布,补在我斗篷的口子上,那是我经过森林时撕破的。啊,她用那种朦胧的布补上了我的斗篷,我披在肩膀上又轻又软又温暖。

"我把最好的布献给拯救我小女儿的人。"织布的老人说,"你还可以拿面包,饿的时候吃面包。省一点儿吃!因为你一路上找不到吃的。"

她给了我面包,我谢过她。然后我转向丘姆－丘姆说:"我们准备好了吗,丘姆－丘姆?"

"好了,都准备好了。"丘姆－丘姆说。

我们走出门,然后沿着苹果树中间的小路往前走,我们骑上马。这时候伤心鸟展开黑色的翅膀,朝群山飞去。

当我们骑马走在树木中间的时候,几百匹白马静静地站在那里看着我们,它们没有跟着我们。苹果花在月光下白得像雪花,它们白得像雪花……我可能再也看不到如此漂亮的白色苹果花。

被魔化的鸟儿

我大概再也看不到这么多的苹果花、沙沙作响的绿树和青草,因为我们要去的国家没有鲜花,不长树,也不长草。

我们星夜赶路。骑着马跑呀跑呀,很快我们就看不见宜人的月光下的森林,这种森林远远留在我们身后。我们眼前一片漆黑,月光消失了,土地像石头一样坚硬,到处耸立着光秃秃的山。我们的心情越来越沉重。最后我们踏上了两座阴森森的高山之间的一条狭窄、漆黑的小路。

"如果路不是这么黑就好了,"丘姆－丘姆说,"如果山不是这么高,我们不是这么渺小和孤单就好了。"

路蜿蜒向前,我们感到每一个弯路的后边都藏着千万个可怕的东西。米拉米斯当然也有这个感觉,它浑身颤抖,想往回走。但是我紧勒缰绳,强迫它往前走。路越走越窄,两边的山越来越高,天越来越黑。最后我们来到像门似的一个地方,峭壁之间的一道窄缝。后边是一片漆黑,比世界上其他所有的地

方都黑。

"域外之国,"丘姆-丘姆小声说,"这是通向域外之国的门。"

米拉米斯疯狂地尥蹶子。它把后腿立起来拼命嘶叫,那声音让人无法忍受。马嘶声令人毛骨悚然,那是人们唯一能听到的声音。门后边的黑暗非常寂静,寂静得使人觉得有人设了圈套,就等着我们走过边界。

我知道我一定要进入这片黑暗,不过我已经不害怕了。当我知道我必须通过那座黑暗的大门是几千年以前就决定下来的事情时,我感到我勇敢多了。我想我无论如何要过去,我可能永远回不来了,但是我不再害怕。

我把米拉米斯赶到黑暗中,当它发现我决不

让它往回走的时候,它像一道光飞快地穿过那座窄门,继续往门后面漆黑的路前进。我们在夜里迅速前进,周围一片漆黑,路的情况我们一无所知。

但是丘姆-丘姆跟着我,他坐在我的背后,紧紧地搂着我,我比过去任何时候都更喜欢他。我不孤单,我有一个朋友跟随我,跟人们说的完全一样——唯一的一位朋友。

我不知道我们在黑暗中走了多久。可能仅仅是一会儿工夫,可能是很多很多个小时,也可能是几千年,人们感觉几乎就是这样,就像人们在梦中骑马,惊叫一声从噩梦中醒来,躺在床上很长时间还在害怕。但这不是人们惊醒中的那种梦。我们骑着马走呀走呀,我们不知道朝哪里走,也不知道走了多远。我们只知道在夜里赶路。

最后米拉米斯猛然间停下了,我们来到一个湖边。任何噩梦都没有这个湖可怕。我经常做梦,有时候梦见我眼前是一个又大又黑的湖。但是我从来也没梦见过,别人也没梦见过像我眼前看见的这个湖这么黑。这是世界上最荒凉、最深不见底的湖泊。湖的周围除了高大、黑糊糊和荒凉的悬崖峭壁以外什么也没有。很多很多鸟儿在这个漆黑的湖泊上空盘旋。我看不见它们,但是能听到它们的叫声。我从来没听到过像它们的叫声那样凄惨的声音。噢,我多么可怜它们!它们的叫声听起来像是在向人们求救。它们的叫声听起来像是在受难、在哭泣。

在湖的对岸，在最高的峭壁上，矗立着一座巨大的黑色城堡。那里只有一扇窗子亮着灯。那扇窗子好像一只罪恶的眼睛，一只在夜里向外监视的可怕的红眼睛，它要伤害我们。

"骑士卡托的城堡！"丘姆－丘姆小声说，米粒米斯浑身颤抖着。骑士卡托就住在那里，我的敌人住在漆黑的湖的对岸，我来就是要与他决一雌雄的。那只罪恶的眼睛监视着湖

面,在吓唬我,不过我已经不再害怕。它在吓唬我——像我这样一个小孩子怎么能战胜像卡托这样一个罪恶多端、危险可怕的骑士呢!

"你需要一把宝剑。"丘姆-丘姆说。

他刚刚说完这句话,我听见附近有人呻吟。

"哎呀……哎呀……哎呀,"那个呻吟的声音说,"我要饿死了,哎呀……哎呀……哎呀!"

我想,可能是什么危险接近了那个呻吟的人,也可能是什么人引诱我们上圈套。但是我觉得不管是谁,我一定要找到他,看他是不是真的需要帮助。

"我们一定要去看看,不管他是谁。"我对丘姆-丘姆说,"我们一定要帮助他。"

"我跟着你。"丘姆-丘姆说。

"而你,米拉米斯,待在这里。"我一边说一边用手抚摩它的鼻子。它不安地叫起来。

"不要担心,"我说,"我们很快就会回来。"

呻吟的人肯定离我们不远,但是天很黑,找到他不是很容易。

"哎呀……哎呀……哎呀,"我们又听到了那个声音,"我要饿死了,哎呀……哎呀……哎呀!"

我们朝发出呻吟声音的方向摸过去,我们在黑暗中踩着石

头,磕磕绊绊地走过去,但是最后我们看到一栋小房子。房子破得东倒西歪,如果它不是靠在一个峭壁上,早已经倒了。从一个窗子里透出微弱的灯光,我们偷偷地走近窗子朝里看,里边坐着一位骨瘦如柴的小老头儿,他长着花白鬈发。炉子里生着火,他坐在火炉前,一边摇摆着身体一边说:

"哎呀……哎呀……哎呀,我要饿死了,哎呀……哎呀……哎呀!"

这时候我们走进房子,小老头儿一言不发,用眼睛瞪着我们。我们站在屋门前面,他用眼睛瞪着我们,好像他从来没有见过像我们这样的人。他举起那双又老又瘦的手,好像很害怕。

"不要伤害我,"他小声说,"不要伤害我!"

我说:"我们不是来伤害你的。"

"我们听到你饿了,"我说,"我们来给你送面包。"

我掏出织布老人给我的面包递给

他。他仍然像刚才那样看着我。我把面包举到离他更近的地方，但是他仍然显得很害怕很害怕，好像担心我们引诱他上圈套。

"请你拿着这个面包，"我说，"不用害怕！"

这时候他小心翼翼地伸出手，接过面包。他双手拿着面包，摸了摸，又送到鼻子前面闻了闻，然后哭了起来。

"这是面包，"他小声说，"这是解饿的面包。"

他狼吞虎咽地吃了起来，我从来没看见过谁这样吃面包。他吃呀吃呀，一边吃一边哭。当他把面包吃完的时候，把掉在衣服上的每一小块面包渣都捡起来吃下去。他捡呀捡呀，直到没有什么可捡的时候才看着我们说：

"你们是从哪里来的？哪里有这样好的面包？看在我挨了这么多天饿的面上，告诉我，你们是从哪里来的？"

"我们来自遥远之国，那里有面包。"我说。

"你们为什么到这里来？"老头儿小声地问。

"因为我要跟骑士卡托决一雌雄。"我说。

我刚一说完，他就惊叫一声，从椅子上跌下来。他像一个灰色的小线团滚在地板上，蜷缩到我们身边。他躺在我们脚下，用眯缝着的惊恐的小眼睛看着我们。

"请你们顺原路返回吧，"他小声说，"回去吧，现在为时还不晚！"

"我不回去,"我说,"我就是为了与骑士卡托决一雌雄才来的。"

我说的声音很高也很清楚。我尽量把骑士卡托的名字说得明明白白,老头儿直愣愣地看着我,好像我会立即死在他的面前。

"噢……噢……噢,"他叨念着,"别出声,别出声,请你们顺原路返回吧。快走吧,现在还来得及,我必须这样说。"

"我不回去,"我说,"我就是为了与骑士卡托决一雌雄才来的。"

"嘘嘘,"老头儿小声说,样子显得很害怕,"别出声,我已经说过了,侦探会听到。他们此时此刻大概就在外面偷听。"

他蹒跚地走到门前,不安地听了听动静。

"听不见有人在那里,"他说,"但是也许有人,可能在这里,可能在那里,哪儿都有可能。侦探到处……到处都是。"

"是骑士卡托的侦探?"我问。

"别出声,小伙子,"老头儿小声说,"你年轻轻的就不想活了?你能不说话吗?"

他坐在椅子上,自己对自己点着头。

"啊,啊,"他说,他的声音那么低,低得几乎听不见。"到处都是他的侦探。早晨、晚上和夜里,随时随地都会有。"

他伸出手，抓住我的胳膊。

"看在我挨了这么多天饿的面上，"他小声说，"不要相信任何人，你走进一栋房子……你以为你在朋友之中。但是你在敌人之中，他们出卖了你。他们把你交给住在湖对岸的人。我必须说，不要相信任何人，不要相信我！你怎么能知道，你一出门我不会派侦探跟踪你呢。"

"我不相信你会那样做。"我说。

"没有人敢保证。"老头儿小声说，"你永远也不能保证。"

他默默地坐了一会儿，思考着问题。

"不会，我不会派侦探跟踪你，"他说，"在这个国还是有些人不出卖别人，也有些人在制造武器。"

"我们需要武器，"丘姆－丘姆说，"米欧需要一把宝剑。"

老头儿没有搭话。他走到窗前，打开窗子，从湖上传来鸟儿凄惨的叫声，那声音听起来就像它们在黑夜中哭泣。

"你听，"老头儿对我说，"你听它们在怎么样的抱怨？你也想变成一只飞翔的鸟儿在湖上抱怨吗？"

"那是些什么鸟儿？"我问。

"那是一些被魔化的鸟儿。"老头儿小声说，"你肯定知道是谁劫走了它们，是谁魔化了它们。现在你应该知道了，与

强盗斗争的人会有什么下场。"

我听他讲完以后很伤心。那些鸟——就是努努的弟兄、吉利的妹妹、织布老人的女儿和一切被骑士卡托抢走和被魔化的人。啊,我一定要与他决一雌雄!一定要!

"米欧需要一把宝剑,"丘姆-丘姆说,"打仗不能赤手空拳。"

"你说有人制造武器。"我提醒老头儿。

他几乎是愤怒地看着我。

"你难道不珍惜你年轻的生命?"他问。

"哪里有人制造武器?"我再次问。

"别出声,"老头儿说,他迅速关上窗子,"别出声,侦探会听到。"

他偷偷地走到门前,把耳朵靠在门上听外边的动静。

"那里没有人,"他说,"但是也可能有,到处都有侦探。"

他弯下腰,对着我的耳朵小声说:

"你去找宝剑制造人,说埃诺向他问候。你就说你需要一把削铁如泥的宝剑,你说你是来自遥远之国的骑士。"

他看了我很久。

"我相信那个人肯定是你,"他说,"不是吗?"

"是,"丘姆-丘姆替我回答,"他是骑士,也是王子,遥远之国的米欧王子,他一定要有一把宝剑。"

"我到哪里去找宝剑制造人?"我问。

"在最黑暗的山中的一个最深的洞里,"老头儿说,"要穿过死亡森林!现在就走吧!"

他走到窗前,重新打开窗子,我再次听到夜里从湖上传来的鸟儿的叫声。

"现在就走吧,米欧王子,"老头儿说,"我坐在这里,祝愿你成功,但是也可能明天夜里我就能听到又有一只鸟儿在湖上飞翔和抱怨。"

在死亡森林里

我们刚刚关好埃诺的门,我就听见米拉米斯长嘶起来,它叫的声音特别高、特别凄惨。就好像它在这样呼叫:"米欧,快来救救我!"

我吓得心脏都要停止跳动了。

"丘姆-丘姆,他们拿米拉米斯做什么?"我喊叫着,"你听见了吗?他们拿米拉米斯做什么?"

"别说话,"丘姆-丘姆说,"他们捉住了它……侦探……"

"侦探捉住了米拉米斯?"我喊叫着,我才不在乎谁听到呢。

"你一定别说话,"丘姆-丘姆小声说,"不然他们也会把我们捉住。"

但是我根本没听见他在说什么。米拉米斯,我自己的马!他们正在夺走我的马!它是世界上最漂亮、最善解人意的马。

我听见它又嘶叫起来,我觉得它好像这样呼叫:米欧,你

怎么不来救救我!

"走,"丘姆－丘姆说,"我们一定要看看他们拿它做什么。"

我们在黑暗中攀上峭壁,我们又爬又攀,锋利的峭壁刺破了我的指头,但是我没有感觉到,我只是为米拉米斯担心。

它高高地站在一块峭壁上,在黑暗中显得特别白,我的米拉米斯,世界上最白、最漂亮的马!

它疯狂地嘶叫,把前腿立起来,试图跑掉,但是五个密探

紧紧围住它,其中两个人拉着它的嚼子。可怜的米拉米斯被吓坏了,这一点毫不奇怪。因为那几个穿着黑衣服的侦探面目狰狞,他们用沙哑、可怕的声音交谈着。丘姆-丘姆和我尽量靠近他们,躲在一块峭壁后边,听着侦探讲话。

"最好把它弄到黑色的船上去,直接运过死亡之湖。"一个侦探说。

"对,直接运过死亡之湖,交给骑士卡托。"另一个侦探说。

我真想对着他们喊叫,别动我的马,但是我没有那样做。如果我也被侦探捉去,谁去与骑士卡托决战?啊,为什么偏偏是我要与骑士卡托决战呢?我躲在峭壁后边后悔极了。我为什么不待在我父王身边,那里没有人夺走我的马!我听见被魔化的鸟儿在湖的上空叫个不停,但是我已经顾不得这些了,我一点儿也顾不得它们了。只要我能保住我的长着金色马鬃的米拉米斯,它们是否继续被魔化只得听天由命了。

"一定有人越过了边界,"一个侦探说,"那个人一定是骑着这匹白马驹来的。敌人就在我们心脏里。"

"不错,如果敌人真在我们心脏里,"另一个侦探说,"那我们捉到他就比较容易。骑士卡托摧残他、消灭他就比较容易。"

我听到他们讲话时,浑身直打战,我就是那个越过边界的

敌人，我就是骑士卡托要摧残、要消灭的人，这时候我对于来这里更后悔了。我非常想念我的父王，我不知道他是否也想念我，是否为我担心。我多么希望他能在这里，帮助帮助我。我多么希望我能够跟他讲一会儿话。那时候我就对他说：我知道，你希望我与骑士卡托决一雌雄。但是好心的父王，你就饶了我吧。帮助我找回米拉米斯，让我们离开这里！你知道，我过去从来没有自己的马，我非常喜欢它。你也知道，我过去也没有父亲。如果骑士卡托捉住了我，我永远也无法回到你的身边。把我救出去吧！我不愿意再待在这里。我只想待在你身边，我想与米拉米斯重新回到绿色草地岛。

正当我躲在峭壁后面这样想的时候，我好像听到了我父王的声音。这可能是我的幻觉，但是我仍然觉得我好像听到了他的声音。

"米欧，我的米欧。"他说。

别的话再也没有了。但是我明白了，他希望我勇敢起来，别躲在那里像小孩子似的哭呀叫呀，即使侦探们夺走了我的米拉米斯也不要这样，我已经是个骑士。我不再是只知道在玫瑰园里搭草房子、在绿色草地岛的山坡上闲逛或吹笛子的米欧了。我是一名骑士，一名优秀的骑士，一名不同于卡托那样的骑士。骑士一定要勇敢，不能哭。

我没有哭，尽管我看见侦探们把米拉米斯拉到湖边，强行

把它赶上一条黑色的大船。我没有哭,尽管米拉米斯嘶叫着,好像他们在用鞭子抽打它。侦探们坐在船桨旁边,黑暗中我听到他们摇橹的声音时,我没有哭。我听见桨声越来越小,当船消失在远方之前,我最后一次听到从湖的远方传来的米拉米斯绝望的嘶叫声,但是我没有哭,因为我是一名骑士。

我没哭?当然哭了,我确确实实哭了。我靠在峭壁后边,前额对着坚硬的土地,我一生从来没有这样哭过。一名优秀的骑士得讲真话,我确实哭了。为了米拉米斯,我哭呀,哭呀,我一想起它那双忠诚的眼睛就泪流不止。那位织布的老太太说过,几百匹白马为了被夺走的小马驹眼里哭出了血。可能我为

米拉米斯也哭出了血,不过我不确切地知道。因为天太黑,我看不清楚。我的长着金色马鬃的米拉米斯!它不在了,我可能再也见不到它了。

丘姆-丘姆弯下身来,把手放在我的肩膀上。

"别再哭了,米欧,"他说,"我们一定要到宝剑制造人那里去。你需要一把宝剑。"

我心里委屈,真想再哭,但是我把眼泪咽了下去,我费了很大力气咽下去。然后我们去寻找宝剑制造人。

埃诺曾经告诉我们,要穿过死亡森林。但是死亡森林在哪儿?

"天亮以前,我们一定要找到宝剑制造人,"我对丘姆-丘姆说,"黑暗掩护我们,侦探看不见。我们一定要在夜里穿过死亡森林。"

我们又爬回埃诺房子旁边的峭壁,房子静悄悄地坐落在黑暗中,房子里没有人再呻吟。我们继续在黑夜中赶路,最后我们来到死亡森林。这片森林里没有风声,没有树叶沙沙作响,因为那里没有能沙沙作响的绿色嫩树叶。那里只有枯死的黑树干,树干上长着黑色的、疤疤癞癞的死树枝。

"我们已经进入死亡森林之中。"当我们走在树木中间的时候丘姆-丘姆说。

"对,我们大概进来了,"我说,"不过我不相信我们还

能走出去。"

因为这里确实是一片会使人迷路的森林,人们偶尔在梦中才能见到这样的森林。人们在里边走呀走呀,永远走不出去。

我们穿过死亡森林的时候,我和丘姆－丘姆手挽着手,我们感到自己是那么渺小、那么茫然,密密麻麻的枯树使得我们几乎无法向前。

"如果树长得不这么密就好了,"丘姆－丘姆说,"如果天不这么黑,我们不这么渺小,不这么孤单就好了!"

我们走呀走呀。有时候我们能听到远方有声音,那是侦探。埃诺大概说得对,到处都是骑士卡托的侦探,整个死亡森林布满了侦探。我们听到他们在远处的树木间活动的时候,我和丘姆－丘姆就停下脚步,静静地站着,连大气儿也不敢出。

我们走呀走呀。

"死亡森林的夜真够长的,"丘姆－丘姆说,"但是通向宝剑制造人的山洞的路肯定更长。"

"丘姆－丘姆,你相信我们能找到他……"我刚开始说话,但是我没再说下去,我多一个字也不能再说了,因为一排黑衣侦探从树木中间朝我们走来。他们正对着我们,我知道,现在一切都完了。丘姆－丘姆也看到了他们,他用力握住我的手。他们还没看见我们,不过他们很快就会制伏我们,然后一切都完了。我再也无法与骑士卡托决战。明天夜里埃诺就会听

这里确实是一片会使人迷路的森林

到两只新的鸟儿在湖上飞翔、抱怨。

侦探们越走越近,我们站在那里等待,一动也不能动。但是这时候奇迹发生了,我们身边的一棵枯死的黑树干裂开了,我看见它是空的。我还没有搞明白是怎么回事,就和丘姆-丘姆钻进了空树干。我们坐在那里浑身打战,就像两只小鸟看见老鹰飞来了。这时候侦探们就在我们身边,我们能听见他们说话。

"我听见有人在死亡森林说话,"其中一个侦探说,"是谁在死亡森林说话呢?"

"敌人在我们心脏里,"另一个侦探说,"一定是那个敌人在死亡森林里说话。"

"如果这个敌人在死亡森林里,我们很快就会抓到他。"另一个侦探说,"搜查,各处搜查!"

我们听到他们怎么样在树林里搜查,我们能听到树洞外边窸窸窣窣的脚步声,我们坐在那里,感到自己非常渺小和恐惧。

他们搜呀找呀,但是没有找到我们。我们听到他们的声音越来越远,最后完全沉静下来,那棵空树救了我们。那棵树为什么救我们,我也不明白。很可能是因为整个死亡森林都恨骑士卡托,都愿意帮助要与他决一雌雄的人。可能那棵枯死的树曾经是一棵有着青枝绿叶的健康的幼树,风一吹树枝它就沙沙作响,肯定是骑士卡托的罪恶使它的树枝枯死。我不相信,树会原谅使它的绿色嫩叶枯死的人。这大概就是那棵树想帮助来这里与骑士卡托决一雌雄人的理由。

"谢谢你,好心肠的树。"当我爬出空树干时说。

但是那棵树死一般静静地站在那里,没有回答。

我们在死亡森林里走呀走呀。

"这里已经黎明了。"丘姆-丘姆说,我们仍然没有找到宝剑制造人的山洞。

啊,夜已经过去,但是黎明不像在家里时那样明亮。这里的黎明是灰色的、可怕的,上面还笼罩着一层黑暗。我想起了绿色草地岛上的黎明时刻,当时我们骑着米拉米斯,草上沾满

了露水,每一束霞光都闪闪发亮。我一边走一边想米拉米斯,几乎忘记我置身何处。因此当我听到马蹄声越来越近的时候,我丝毫也没有感到突然或害怕,我想是米拉米斯来了。但是丘姆-丘姆用力抓住我的胳膊并小声说:

"你听!侦探骑马穿过死亡森林。"

这时候我才知道,现在一切都完了,眼下没有什么东西可以救我们。我们很快就会看到黑衣侦探们骑马从树木中走来,他们会发现我们。他们会像旋风一样飞驰而来,只需弯一下腰把我们捉住,扔到马背上,然后奔向骑士卡托的城堡。我再也没机会与他决一雌雄。明天夜里埃诺就会听到两只新的鸟儿在湖上飞翔、抱怨。

一切都完了,我很清楚这一点。马蹄声越来越近,但是这时候奇迹发生了。我们前面的土地裂开一个坑,我看见坑里有一个地洞。我还没有搞明白是怎么回事,丘姆-丘姆和我已经钻进地洞里,像两只看见了狐狸来了的小兔子一样浑身打战。

事情发生在最后一刹那,我们听见马蹄声越来越近。我们听见侦探们骑着马从我们头顶而过,就是从我们的地洞上面过去。我们听见马蹄踏地声,沉重地踏在地洞的顶上,有一点儿泥土震落下来,掉在我们身上。我们坐在那里,感到自己非常渺小和恐惧。

但是一切又都恢复了平静,静得好像死亡森林里一个侦探

也没有。我们等了很久。

"我想我们现在可以爬出去了。"最后我说。

但是正好这个时候,我又听到了可怕的马蹄声。侦探们回来了,震耳欲聋的马蹄声再次从我们头上过去,我们听见侦探们在喊叫。他们跳下马,坐在地上,就在地洞的外面。我们通过一个小孔可以看见他们。他们离我们那么近,我们都能摸到他们,他们说什么我们都听得见。

"骑士卡托下命令,一定要把那个敌人捉住,"其中一个侦探说,"今天夜里一定要抓住那个骑白马驹的敌人,这是骑士卡托的命令。"

"敌人在我们心脏,"另一个侦探说,"我们一定能捉到他。搜查,各处搜查!"

他们坐得离我们很近,谈论着怎么样捉我们。那些穿着黑衣服、样子粗鲁的侦探们坐在可怕的灰色霞光里,周围是枯死的树木,他们黑色的马转来转去疯狂地吃着草,蹄子踏着地面。

"搜查,各处搜查。"一个侦探说,"地面上怎么有个坑?"

"一个地洞,"另一个侦探说,"可能那个敌人在里面。各处搜查!"

丘姆－丘姆和我紧紧地拥抱着。现在一切都完了,我很知

道这一点。

"我拿长矛试一试,"一个侦探说,"如果敌人在里边,我就用长矛扎死他。"

我们看见一个黑色的长矛从一个孔里扎进来。我们爬到地洞的顶头,但是长矛也很长,锋利的尖离我们越来越近。长矛扎呀扎呀,但是没有扎到我们,它扎到丘姆-丘姆和我之间的空当上,但是没扎到我们。

"搜查,在整个死亡森林搜查,"侦探们在外面说,"骑士卡托命令,一定要把敌人捉住,不过他不在这里。各处搜查!"

侦探们骑上自己的黑马奔驰而去。

我们得救了,地洞救了我们,我真不知道为什么。大概连土地也恨骑士卡托,而愿意帮助将与他决一雌雄的人吧?在这片土地上很可能生长过嫩绿的草,黎明时草上沾满露珠,大概是骑士卡托的罪恶使草枯死、消失。我不相

信,土地会原谅使绿草枯死的人。这大概就是为什么土地保护来与骑士卡托决一雌雄的人的理由。

"谢谢你,慈善的土地。"当我们走的时候我说。但是土地没有回答,它静静地躺在那里,而地洞却消失了。

我们走呀走呀,死亡森林到头了。山和峭壁屹立在我们眼前,这时候我们茫然不知所措。我们又回到了悬崖峭壁环绕的死亡之湖。我们不知如何是好,丘姆-丘姆和我都一样,白白转了一圈。我们无法找到宝剑制造人。我们在死亡森林里走了整整一夜,现在又回到了我们出发的地方。埃诺的房子还在那里,又小又可怜的灰色房子。它紧靠着一个峭壁才没有倒。它靠着一个高耸的炭黑色的峭壁。

"这座山可能是世界上最黑的山。"丘姆-丘姆说。

最黑的山——啊,宝剑制造人的山洞就在此地!埃诺曾经说过,最黑的山上的最深的山洞。

"噢,丘姆-丘姆,"我开口说,"你一定会看到……"

但是这时候我停住了。我知道,一切全完了,因为这时候从死亡森林里跑出来很长很长一队黑衣侦探。一部分人跑步过来,另一部分人骑着黑马而来,他们都径直地朝我们而来。他们已经看见我们,他们用一种奇怪、沙哑的声音高喊着:

"敌人在我们心脏,他在那里,捉住他!捉住他!骑士卡托命令,一定要捉住他。"

我们站在那里——丘姆-丘姆和我,背对着山腰,看着侦探离我们越来越近。啊,一切都完了。我再也没有机会与骑士卡托决一雌雄。我很难过,我真想躺在地上大哭一场。明天夜里埃诺就会听到一只鸟儿飞翔在湖上,一只比任何其他的鸟抱怨的声音都要高、都要凄惨的鸟。而埃诺将会站在窗子旁边,小声对自己说:

"那边飞的是米欧王子。"

最黑的山上的最深山洞

但是这时候奇迹发生了,我们背靠的山腰后退了,我还没搞明白是怎么回事,我们已经站在山洞里,丘姆-丘姆和我,我们就像两只羔羊看见狼来了一样浑身打战。

我们不需要害怕。我们在山洞里,侦探们在洞外,山腰关上了,没有任何门。他们永远也抓不到我们,但是我们能听到他们在洞外大发雷霆。

"搜查,各处搜查。"他们喊叫着,"敌人在我们心脏,但是突然不见了。各处搜查!"

"好啊,请你们搜吧,"我说,"你们永远也找不到我们。"

我们非常开心——丘姆-丘姆和我。我们在山洞里高声大笑,但是当我想起米拉米斯,我就不再笑了。

后来我们朝周围看了看,我们在一个很大的山洞里。洞里很暗,但不是暗得看不见东西,里边有一点儿微弱的光,究竟

从什么地方照进来的,谁也不知道。很多很暗的小路从山洞通向山里。

埃诺说过,最黑的山上的最深山洞里住着宝剑制造人。其中一条很暗的小路可能就通向宝剑制造人的住处,但是究竟是哪一条呢?我们不知道。我们大概要转悠很长时间才能找到他。

"啊,不管怎么说我们总算到了最黑的山里。"丘姆-丘姆说。

"进是进来了,"我说,"但是我不相信我们还能走出去。"

因为这确实是一座容易迷路的山,一座有时候人们在梦中梦见的山,人们在奇怪的黑暗小路上走呀走呀,永远也找不到洞口。

我们手挽着手，丘姆－丘姆和我朝山里走去。我们感到自己渺小和孤单，通向最深的山洞的路可能很漫长。

"如果山不是那么可怕就好了，"丘姆－丘姆说，"如果路不是那么暗，我们不是那么渺小和孤单就好了。"

我们走呀走呀，歧路出现了，它们通向四面八方。山洞里边出现了黑暗的路网，里边有时候有一点儿微弱的光亮，使我们能够看见眼前一两米的地方，但是有时候很暗，我们什么也看不见。路有时候很低，我们只得弯着腰走，有时候很高，就像在一座教堂里。山腰上水汽很重，洞里很冷，我们用斗篷紧紧地裹住身体免得受寒。

"我们可能永远找不到洞口，找不到宝剑制造人的山洞。"丘姆－丘姆说。

我们饿了，吃一点儿解饿的面包。只吃一点儿，因为我们不知道还要走多长时间。

我们一边吃一边继续往前走。我刚刚咽下面包，就来到一处地方，路在那里分为三条。

山腰上流下一股水，我有点儿渴，停下来喝水。水不怎么好喝，但是没有别的水。我喝完水，转过身来找丘姆－丘姆，但是丘姆－丘姆不见了。他走了，他可能没有发现我停下来喝水，所以他可能继续沿一条路往前走，他以为我会紧跟着他。

一开始我一点儿也不害怕。我站在岔路口，考虑丘姆－丘

姆会走哪一条路。他不会走得太远，我一叫他就会听到。

"丘姆－丘姆，你在哪儿？"我使足了劲儿叫，但是我的声音听起来就像一种可怕的耳语。我不知道这是一座什么奇怪的山。峭壁接收我的喊声，然后将它窒息，使它听起来就像是耳语，耳语传回来，耳语在山洞里回荡。

"丘姆－丘姆，你在哪儿？"耳语在山洞黑暗的小路上回响，"丘姆－丘姆，你在哪儿……丘姆－丘姆，你在哪儿？"

这时候我害怕了，我喊叫的声音更高了，但是山只是继续耳语，我真不敢相信，这声音竟是我的声音而不会是其他人的。也许有谁坐在山洞的深处戏弄我。

"丘姆－丘姆，你在哪儿……丘姆－丘姆，你在哪儿……丘姆－丘姆，你在哪儿？"耳语说。

啊，我害怕死了！我冲进左边那条小路，向前跑了几步，我又跑回岔路口，朝右边的小路跑去，但是又跑回来，冲进中间那条路。丘姆－丘姆，你到底走的是哪一条路？我不敢再喊叫，因为耳语听起来越来越可怕。但是我相信，丘姆－丘姆一定会感觉到我是多么想念他，他一定会回到我身边来。

路又分成很多岔路，新的黑暗小路通向四面八方，我东跑西跑，东找西找。我尽量克制自己不哭，因为谁都知道我是一名骑士。但是这时候我再也当不了骑士了。我想念丘姆－丘姆，他从另一条路上跑到什么地方去了，他也会很伤心，会到

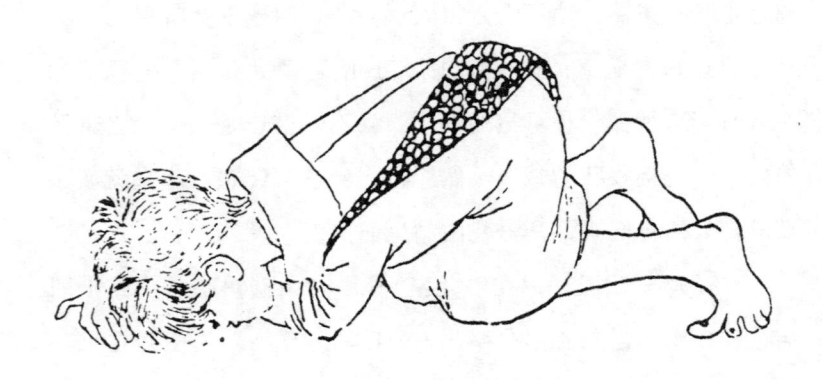

处叫我，而我此时此刻正趴在高低不平的山洞地上，像上次侦探抢走了我的米拉米斯一样地哭着。如今我失去了米拉米斯，也失去了丘姆－丘姆，我成了孤家寡人。我趴在那里哭，我真后悔来这里，我不明白我的父王怎么会同意让我来与骑士卡托决一雌雄。我多么希望我的父王能在这里，那样我就可以把这些话告诉他。

"你看，我是多么孤单，"我就这样说，"丘姆－丘姆不见了。你知道，当我身边没有本卡的时候有多伤心，丘姆－丘姆是我最好的朋友，如今我连丘姆－丘姆也没了。我成了孤家寡人，都是因为你让我与骑士卡托决一雌雄造成的。"

我第一次觉得，我的父王好像不太公正，竟同意我做这样的历险。但是当我趴在那里一边想一边哭的时候，就好像听到了父王的声音。我知道这只是一种幻觉，但是我的的确确觉得

我听到了他的声音。

"米欧,我的米欧。"他说。

别的话没有了,但是他的意思好像在说,我不必这样伤心。我想,我最后还是可以找到丘姆-丘姆的。

我从地上爬起来,这时候有件东西从我的口袋里掉出来,是努努上次为我削的小木笛,我曾经用我的木笛在绿色草地岛的篝火旁演奏过。

"如果我拿出木笛吹一吹该多么好,"我想,"如果我吹一吹努努教给我们的那首古老的曲子该多么好。"我想起丘姆-丘姆和我曾经互相说过,如果将来有一天我们走散了,我们就吹这首古老的曲子。

我把木笛放到嘴边,但是我不敢吹,我担心像我喊丘姆-丘姆时招来的令人厌恶的死声。但是我想无论如何也要试一试,所以我开始吹笛子。

啊,声音很清脆!在这黑暗的山洞里笛声显得特别纯真、清脆和动听,几乎比在绿色草地岛上还动听。

我吹了整首曲子,然后仔细听。从山洞里很远很远的地方传来几声清脆的笛声,声音很弱,但是我知道,这是丘姆-丘姆在回答我。我感到无比高兴。

我继续吹木笛,尽管我很高兴,但是我似乎不能一下子就止住哭,所以我一边在山洞里走一边吹笛子,还小声地哭。我

一边走一边吹笛子,还一边听丘姆-丘姆的笛声,我只哭了一小会儿。有时候我听见笛声比较近了,我就尽量朝笛声传来的方向走,声音越来越近,另一支笛子吹的那首古老的曲子比我的笛子吹的声音更高更清脆,突然丘姆-丘姆就站在我面前黑暗的路上。丘姆-丘姆,我最好的朋友!我伸出手,抚摩着他。我把胳膊放到他的肩膀上,我想试一试,是否真的是他。真是他,真是我最好的朋友。

"如果我有机会见到努努,我一定要感谢他为我们做的笛子。"丘姆-丘姆说。

"我也一定要感谢他。"我说。

但是随后我就想到,我们可能再也见不到努努了。

"丘姆-丘姆,我们现在走哪一条路?"我问。

"走哪条路都一样,只要我们一起走就行了。"丘姆-丘姆说。

他跟我想的一样。我们走呀走呀,我们不再感到自己渺小和孤单,因为我们在一起,我们一起吹笛子。这首古老的乐曲在这黑暗的山洞里显得格外清脆、动人,它好像在安慰我们,使我们勇敢起来。

路朝下延伸,朝下再朝下。为我们在山洞里照明的那点微弱的光变得亮了一些。光肯定来自火,对,是这点火光照耀着黑暗山腰,它飘动着,生长着。

我们渐渐靠近火堆，我们还是一边走一边吹笛子。当我们走进宝剑制造人的山洞时，我们吹的就是那首古老的曲子。

我们到的地方是一家铁匠铺，炉火烧得很旺。那里有一个很大的铁砧，旁边站着一条汉子，他是我看到过的最高大最粗壮的汉子。

他长着粗壮的红头发，粗壮的红胡子。他脸色黑黝黝的，两只粗大的手我从未见过。他长着浓密的眉毛，我们走进他的山洞时，他静静地站着，皱着眉头看我们，显出惊奇的神色。

"谁在我的山洞里吹笛子？"他问，"在我的山洞里吹笛子的是谁？"

"一位骑士和他的随从保镖，"丘姆－丘姆说，"一位来自遥远之国的骑士——米欧王子在你的山洞里吹笛子。"

这时候宝剑制造人走到我身边，他用黑食指摸了摸我的前

额,露出惊奇的神色。

"你的前额那么亮,"他说,"你的目光那么敏锐!你在我的山洞里吹的笛子真动听!"

"我到这里来是为了请你给我造一把宝剑,"我说,"埃诺派我来的。"

"你要宝剑做什么?"宝剑制造人问。

"我将与骑士卡托决一雌雄。"我说。

我刚一说完,宝剑制造人就发出一声惊叫,我从来没有听到过如此可怕的叫声。

"骑士卡托,"他吼叫着,叫声在山洞里回响,"骑士卡托,一定打死他!"

吼声像雷电一样在黑暗的小路上翻滚。宝剑制造人喊叫时,这叫声没有变成耳语,没有,相反像雷电一样在峭壁间翻滚、回荡。

宝剑制造人紧握着粗黑的大手站在那里,火光照耀着他愤怒的黑面孔。

"骑士卡托,一定打死他。"他一次又一次地喊叫着。

火光也照耀在挂在山洞墙上的一排锋利的宝剑上。它们闪闪发光,样子非常吓人,我打量着那些宝剑。这时候宝剑制造人停止喊叫,走到我的身边。

"你看到我的宝剑了吧?"他说,"我所有的宝剑都很锋

利,这些宝剑都是我为骑士卡托制造的,骑士卡托的宝剑制造人就是我。"

"如果你是他的宝剑制造人,为什么你要喊一定打死骑士卡托?"我问。

他用力攥着拳头,骨节都发白了。

"因为没有人比他自己的宝剑制造人更恨骑士卡托了。"他说。

直到这时候我才看见他拖着一条很长的将他锁在山腰上的铁链子,他在地上一走动,铁链子就哗啦哗啦地响。

"你为什么被锁在山洞里?"我问,"你为什么不在火炉上把铁链子烤热,然后在铁砧上把它砸断?"

"骑士卡托把我锁在这里。"宝剑制造人说,"他的铁链子不吃火,也不吃锤子,骑士卡托的仇恨的链子不容易砸碎。"

"什么原因让你一定要拖着这条仇恨的锁链?"我问。

"因为我是制造宝剑的人,"他说,"我制造杀死好人和无辜者的宝剑,因此骑士卡托用最结实的链子把我锁住。没有我的宝剑他什么事也做不成。"

宝剑制造人用像燃烧着火焰的眼睛看着我。

"我坐在我的山洞里,为骑士卡托制造宝剑。我日日夜夜为他制造宝剑,这一点他知道,但是有一点他不知道,就是这个。"

宝剑制造人拖着铁链，走到山洞最黑暗的角落，从一个洞里取出一把宝剑，宝剑在他的手里像一团火闪闪发亮。

"我用几千年的时间制造这一把削铁如泥的宝剑，"他说，"直到今天夜里我才完成。"

他举起宝剑，只砍一下，山腰就留下一条很大的痕迹。

"啊，我的宝剑，我的火焰，"他叨念着，"我的宝剑削铁如泥！"

"你为什么一定要有一把削铁如泥的宝剑呢？"我问。

"你要知道，"宝剑制造人说，"这把宝剑不是为了杀好人和无辜者制造的，这把宝剑是等着杀骑士卡托本人的。他有一颗石头心，你知道吗？"

"不知道，我对骑士卡托知道得很少，"我说，"我只知道，我来这里是要与他决一雌雄。"

"他有一颗石头心，"宝剑制造人说，"有一只铁爪。"

"他有一只铁爪？"我问。

"你不知道吧？"他说，"他的右手没了，所以他换了一只铁爪。"

"他用铁爪做什么？"我问。

"掏人的心，"宝剑制造人说，"只用铁爪抓一下——哧，心就掉了，然后他给他们换上石头心。所有在他身边的人都必须换成石头心，这是他规定的。"

我听的时候直打战，我越来越盼望最后与他决一雌雄。

宝剑制造人站在我身边，他用粗黑的大手抚摩着那把宝剑，这肯定是他最宝贵的财产。

"把你这把削铁如泥的宝剑送给我吧，"我向他请求说，"把你的宝剑送给我，以便我能与骑士卡托决一雌雄。"

宝剑制造人静静地站了很长时间，他看着我。

"好吧,你可以得到我的宝剑,"他最后说,"你可以得到我的火焰,仅仅是因为你的额头很亮,你的目光很敏锐,你在我的山洞里吹的笛子非常动听。"

他把火焰般的宝剑放到我的手里,就像有一道火焰流出宝剑,通过我的全身,它使我变得强大起来。

后来,宝剑制造人走到山腰,打开一扇大窗子,我感到一股冰冷的风吹进来,我听到滚滚的波涛声。

"骑士卡托知道得很多,"宝剑制造人说,"但是他不知道,我已经钻透了山,打开了关我的监狱。我钻了很多年,以便给关我的监狱开一个窗。"

我走到窗前,看着死亡之湖和对岸的骑士卡托的城堡。夜幕已降临了,城堡像我上次看到的那样漆黑和昏暗,只有一扇窗子亮着,像一只眼睛一样监视着死亡之湖的湖水。

丘姆-丘姆走过来,站在我的身边。我们静静地站在那里,想着即将来临的战斗。

宝剑制造人站在我们身后,我听到他的声音。

"他来了,他来了,"他叨念着,"他很快就会与骑士卡托决一雌雄。"

一只铁爪

湖的上空非常阴沉,空中充满被魔化的鸟儿的叫声。浊浪翻滚,狠狠地冲击着我们的船,好像要把船摔碎在骑士卡托城堡下的峭壁上。

当我们解开小船的时候,宝剑制造人站在窗子里看着我们。船平时停在伸进山里的一个海湾上,海湾隐藏在高耸的峭壁之间。

"骑士卡托知道很多事情,"宝剑制造人说,"但是死亡之湖伸进我的山一块,这他不知道,他对于我的海湾一无所知,对于船停在我窗子下面的秘密船台一无所知。"

"你不能划船,为什么要一只船呢?"我问。

"我可以划船,"宝剑制造人说,"我从窗子爬出去,尽量把锁链拖得长一些,这样我就可以划了,我的秘密海湾可以划三个船那么长的距离。"

他站在窗子附近,在船台的上方显得高大、黝黑。天很

暗,我几乎看不见他。但是我听到他在笑,一种奇特、粗犷的笑,好像他不真正知道,人们应该怎么样笑。

"骑士卡托知道很多事情,"他说,"但是有一件事情他还不知道。他不知道,今天夜里我的船将装载什么渡过死亡之湖。"

"还有一件事你也不知道,"我说,"你不知道,你可能再也看不到你的船了,今天夜里它可能就沉到湖底,像波涛摇动的摇篮一样,它可能沉到死亡之湖的湖底,摇篮里睡着丘姆—丘姆和我。那样的话你说什么呢?"

宝剑制造人深深地叹了一口气。

"那样的话我只说:'睡个好觉,米欧王子!在波涛摇动的摇篮里睡个好觉!'"

我开始摇桨,再也看不见宝剑

制造人了,他消失在黑暗中,但是他还在喊我们。就在我们即将通过死亡之湖和他的秘密海湾之间的狭窄大门之前,我听到他还在对我们呼喊。

"要当心,米欧王子,"他喊道,"看到那只铁爪子时千万要当心,如果那时候你不准备好宝剑,米欧王子就完蛋了。"

"米欧王子就完蛋了……米欧王子就完蛋了……"周围的峭壁回荡着,听起来很悲伤,但是我来不及过多地思考,因为在这一刹那,死亡之湖的恶浪疯狂地朝我们的船袭来,把船远远地抛离宝剑制造人的山。

我们在深不见底的湖水中航行,我们已经远远地离开陆地,我们感到自己如此渺小和恐惧——丘姆-丘姆和我。

"如果我们的船大一点儿就好了,"丘姆-丘姆说,"如果湖不是那么深、浪不是那么急,我们不是那么渺小和孤单就好了。"

啊,死亡之湖的浪都是那么疯狂!我从来没有见到过比这更疯狂的浪,它们扑向我们,抓我们,撕我们,把我们抛向新的疯狂的浪。摇桨已经无济于事。我们握着桨,丘姆-丘姆和我。我们使出九牛二虎之力握住桨。但是一个旋涡袭来,从我们手里卷走一支桨,一个吐着白沫的恶浪劈断了另一支桨。新的旋涡、吐着白沫和翻滚的恶浪铺天盖地一般朝我们和船的四周袭来,船也像我们一样脆弱和渺小。

"现在我们已经没有桨了，"丘姆－丘姆说，"我们很快也不会再有船，当恶浪将船抛向骑士卡托的峭壁时，船就会被撞得粉碎，然后我们也就不需要什么船了。"

被魔化的鸟儿从四面八方飞来，在我们周围旋转、哀鸣和抱怨。它们飞得离我们很近。我甚至能在黑暗中看见它们明亮、忧伤的小眼睛。

"你是努努的兄弟吗？"我问其中一只。

"你是吉利的妹妹吗？"我又问另一只。

但是它们只用明亮、忧伤的小眼睛看着我，它们的叫声充满哀怨。

尽管我们没有船桨、船也失去控制，但湖水仍然将我们径直地朝骑士卡托的城堡推去。是恶浪想把我们推向那里，它们要在那里的峭壁上把我们撞得粉身碎骨。我们将死在骑士卡托的脚下，这是恶浪的心愿。

我们渐渐接近那些危险的峭壁，渐渐接近那个有着一只罪恶眼睛的黑暗的城堡，船越走越快，浪越来越疯狂。

"现在，"丘姆－丘姆说，"现在……噢，米欧，现在一切都完了！"

但是这时候奇迹发生了，正当我们忧虑将葬身湖底的时候，突然风平浪静了。湖上的浪非常平稳，它们温和地推着我们的船绕过一切危险的暗礁，慢慢地靠拢骑士卡托的城堡底下

的险峻峭壁。

浪为什么一开始那样疯狂地呼啸着，而后又那样平静，这一点我也不知道。很可能是浪仇恨骑士卡托，愿意帮助去与他决一雌雄的人。死亡之湖可能曾经是一个欢乐、碧绿的山间小湖，一个在美丽的夏日太阳可以映照在里边的小湖，细浪轻轻拍打山脚。可能有一个时期，孩子们在湖里游泳，在岸边游戏，他们欢乐的笑声在水上飘荡，而不是像现在这样，只有被魔化的鸟儿在哀鸣。肯定是因为这些原因，才有风浪刚才在我们周围咆哮，才有它们刚才在我们与城堡上那只罪恶的眼睛中间筑起一道混浊的围墙。

"谢谢你，好心肠的湖，"我说，"谢谢，所有疯狂的浪！"

但是浪没了，湖水在黑暗中一平如镜，它没有回答。

在我们头的上方，在峭壁的顶上，坐落着骑士卡托的城堡，我们此时已经到了他的湖边。我们与他的距离比以往任何时候都近，此夜是决战之夜。我不知道，那些等了几千年的人们是否知道这一点。我不知道他们是否知道，今夜决战在即，他们是否想着我。我的父王想着我吗？我希望，他在想着我。我知道，他会这样做的。我知道，他此时此刻正坐在远方的什么地方想着我，他会很伤心，会自言自语地说："米欧，我的米欧！"

我握住宝剑，它在我的手里就像一团火。我要进行的将是一场恶战，我按捺不住激动。我渴望与骑士卡托相遇，尽管我可能死去。我恨不得马上就决战，尽管决战过去以后可能不再有米欧。

"米欧，我饿了。"丘姆－丘姆说。

我掏出最后一点儿解饿的面包，我们在紧靠骑士卡托城堡底下的哨壁下吃面包。吃完以后，我们觉得饱了，浑身觉得有力量了，甚至很兴奋。但是这是最后的一点儿面包，我们不知道我们以后吃什么。

"我们现在一定要攀上这块哨壁，"我对丘姆－丘姆说，"这是我们去骑士卡托城堡的唯一办法。"

"肯定是这样。"丘姆－丘姆说。

这样我们开始攀登那个又高又陡的哨壁。

"如果这个哨壁不这么陡就好了，"丘姆－丘姆说，"如果夜不是这么黑，我们不这么渺小和孤单就好了。"

我们爬呀爬呀，我们爬得很慢很艰苦。但是我们手脚并用，尽量找石头缝找棱角，又攀又爬。有时候我很害怕，以为再也爬不动了，会立即掉下去，一切都完了。但是在最后一刻我总是能找到可以抓住的地方。当我要掉下去的时候，好像哨壁自己在我的脚下伸出一块让我踩住，很可能是，连坚硬的石头也恨骑士卡托，很愿意帮助去与他决战的人。

骑士卡托的城堡坐落在离湖面很高很高的地方，我们要爬很高很高才能够着位于峭壁顶端的城堡的围城。

"我们马上就可以上去了，"我小声对丘姆－丘姆说，"我们很快就会爬上城墙，然后……"

这时候我听到有人说话，是侦探们在夜里互相交谈，两个黑衣侦探在城墙上巡逻。

"搜查，各处搜查。"其中一个说，"骑士卡托的命令，一定要把敌人抓住，一定要把骑着白马驹的敌人抓住，这是骑士卡托的命令。山洞里，树林中，水里和空中，远处和近处，都要搜查！"

"搜查近处，搜查近处。"另一个说，"我们负责搜查近处，敌人可能就在我们心脏。他今天夜里可能从城堡的峭壁上爬进来，各处搜查！"

当我看到他点着一根火把时，我的心都快停止跳动了。如果他用火把往城墙下边照，他就会发现我们。如果他真的发现了我们，一切也就完了。他只需伸出长矛朝我们捅一下就足够了，然后他再也用不着搜那个骑着白马驹的敌人。只要听见一小声尖叫，我们就是掉进死亡之湖，永远消失了。

"搜查，各处搜查。"其中一个侦探说，"用你的火把照一照城堡峭壁，敌人可能正从那里往上爬，各处搜查！"

举着手中火把的另一个侦探，身体靠在墙上。火光照在峭

壁上，我们像看见猫来了的两只耗子缩在那里浑身打战。火光越来越近，沿着城墙爬来，越来越近，越来越近。

"现在，"丘姆－丘姆小声说，"现在……噢，米欧，现在一切都完了！"

但是这时候奇迹发生了，从湖面上飞来一群鸟儿，所有被魔化的鸟儿都扇动着翅膀而来。其中一只直奔火把而去，火把从那个侦探手中掉落。我们看到一个火团从空中掉进湖里。当火把掉进湖里熄灭时，我们听到哧的一声。但是我们还看到另外一个火团也朝湖面飞去。救了我们命的那只鸟儿置身火中，它带着燃烧的翅膀沉入死亡之湖的波涛之中。

我们为这只鸟儿感到伤心。

"谢谢你，可怜的鸟儿。"我小声说，尽管我知道，鸟儿不能听到我的话，别的东西它也永远听不到了。

我真想为鸟儿哭一场，但是现在我不得不考虑侦探。我们还没有爬上城墙，还有许多危险等待着我们。

侦探们被那只鸟儿激怒了，他们就站在我们头顶的墙上，我可以看见他们令人厌恶的黑帽子，听到他们互相喊喊喳喳说话，可以听到他们令人厌恶的声音。

"搜查，各处搜查。"他们说，"敌人可能走远了，他可能正在什么地方爬城堡峭壁，各处搜查！"

他们朝旁边走了几步，到另外一个方向去侦察。

"时机到了,"我小声对丘姆－丘姆说,"时机到了!"

我们很快很快爬上城墙,又很快很快在黑暗中跑向骑士卡托的城堡。我们紧紧贴在黑暗的墙上,站在那里一动不动,我们担心侦探会找到我们。

"我们怎么样才能进骑士卡托的城堡?"丘姆－丘姆小声问,"我们怎么样才能进入这座世界上最黑暗的城堡?"

他刚说完,墙上的一扇大门开了,一扇黑色的大门就在我们身边无声无息地开了,一点儿声音也没有。一种非常可怕的寂静,任何其他的寂静都无法与之相比。那扇大门开的时候,无论如何应该有点儿声音!如果门的合叶吱地响一声,如果门开的时候稍微有点儿动静,这种寂静也就没那么可怕了,但是它是所有的门中最不出声的门。

丘姆－丘姆和我手拉着手走进骑士卡托的

城堡。我们感到我们是那么渺小，我们过去从来没有这样害怕过。

因为我们从来没有经历过像骑士卡托的城堡里那样黑暗、那样寒冷和那样令人毛骨悚然的寂静。

进门以后有一个狭窄、黑暗的台阶，这是我看到过的最高最黑暗的台阶。

"如果这里黑得不这样可怕就好了，"丘姆－丘姆小声说，"如果骑士卡托不那么残暴，我们不这么渺小和孤单就好了！"

我紧握宝剑，我们偷偷地上台阶。我在前面，丘姆－丘姆在后面。

有时候我做梦时梦见我走进我不熟悉的黑房子里。陌生、黑暗、可怕，我被锁进黑房子，无法呼吸，我刚要往前走，地板开了一个无底深渊，台阶塌了，我正好掉了下去，但是梦中的房子不像骑士卡托的城堡那样可怕。

我们在那个台阶上走呀走呀，我们不知道台阶的尽头是什么。

"米欧，我害怕。"丘姆－丘姆在我后边小声说。我转过身来，想拉住他的手，但就在这时候丘姆－丘姆不见了。他消失在墙壁里，我也不知道是怎么回事。我一个人站在台阶上，感到比我们在宝剑制造人山洞里走散时还要孤单千万倍，比过去任何时候孤单千万倍。我茫然不知所措，我不敢喊叫，但是

我用颤抖的双手去摸丘姆-丘姆消失在那里的墙,我一边哭一边小声说:"丘姆-丘姆,你在哪儿?丘姆-丘姆,快回来!"

但是我手下的墙冰冷而坚硬,那里没有任何缝隙能够放出来丘姆-丘姆,一切还像过去一样寂静。当我一边哭一边小声

我想,我很快就会掉下去,然后一切都完了。

说话的时候,丘姆－丘姆没有回答我,一切都很平静。

当我重新开始上台阶的时候,世界上没有任何人比我更孤单。没有任何脚步比我的更沉重,我几乎抬不起双脚,台阶那么高那么多。

那么多……但是其中一个是最后一级。而我不知道它是最后一级,我不知道台阶走完了,当我在黑暗中上台阶的时候,我没有在意。我迈了一步,我的脚下没有台阶,我尖叫一声摔了下去,在危急关头我竭力抓住什么。正当我往下掉的时候,我成功地抓住最后一级台阶。我挂在那里,竭力用脚找一块能蹬的地方。但是那里没有什么东西可蹬,我悬在无底深渊上空。我害怕极了,那里没有人能救我。我想,我很快就会掉下去,然后一切都完了……噢,谁能救救我,救救我!

有人从台阶上走来,难道是丘姆－丘姆回来了?

"丘姆－丘姆,我的好丘姆－丘姆,快来救救我。"我小声说。

我没有看见他,因为太黑。我没有看见他和善的面孔以及与本卡一样的眼睛。但是他小声对我说:

"好,好,抓住我的手,这样我可以救你,"那个我以为是丘姆－丘姆的人小声说,"抓住我的手,这样我可以救你!"

我抓住他的手,但这不是什么人手,而是一只铁爪。

好厉害的宝剑

我多么希望有朝一日忘掉这件事，我多么希望有朝一日我不再记得骑士卡托，我一定要忘掉他可怕的面孔、可怕的眼睛和可怕的铁爪。我盼望着这一天的到来，那时候我将不再记得他，那时候也将忘掉他可怕的房间。

他在自己的城堡里有一间房子，空气中充满罪恶，因为骑士卡托日日夜夜坐在那里想鬼主意。他夜以继日地坐在那里想鬼主意，所以空气里充满罪恶，我在他的房子里甚至不能呼吸。从那里流出各种罪恶，残害城堡外边的一切美好的和有生命的东西，使所有绿色的树叶、一切鲜花和绿草萧条，给太阳蒙上一层罪恶的薄纱，所以那里没有白天，只有夜晚，其他的东西也跟夜晚一样黑暗，所以他房间里的那扇窗子看起来就像一只罪恶的眼睛监视着死亡之湖的湖面也就不奇怪了。当骑士卡托坐在房子里想鬼主意的时候，他的罪恶就通过那扇窗子透出去。他整天整夜地坐在那里想鬼主意。

我就是被带到那间房子。当我需要用双手把住阶梯而不能使用宝剑时,骑士卡托抓住了我。他的黑衣侦探扑向我,把我带到他的房间。我到的时候,丘姆-丘姆已经站在那里,他的脸色苍白,看起来很伤心,当他看见我的时候,便小声说:

"哦,米欧,现在一切全完了。"

骑士卡托进来时,我们看到了他的全副凶相。我们站在他可怕的面孔前面,他一言不发,只是看着我们。他的罪恶像一条冰冷的河流过我们全身,他的罪恶像一股燃烧的火焰爬过我们全身,爬过我们的脸和我们的双手,渗进我们的眼里,当我们呼吸时,它随着空气进入我们的肺部。我感到他罪恶的浪花通过我的全身,我是那样的疲倦,连我的宝剑都举不起来,尽管我费了九牛二虎之力。侦探们把我的宝剑递给骑士卡托,当他看见宝剑时,身体颤抖起来。

"好厉害的宝剑,我在我的城堡里从未见过。"他对护卫他的侦探们说。

他走到窗前,站在那里,用手掂量着宝剑。

"我拿这把宝剑做什么呢?"骑士卡托说,"用这样的宝剑无法杀死好人和无辜者,那我拿它做什么呢?"

他用可怕的蛇一样的眼睛看着我,看着我是多么留恋我的宝剑。

"我把宝剑沉入死亡之湖,"骑士卡托说,"我把它沉入

死亡之湖的最深处,因为我在我的城堡里从未见过这么厉害的宝剑。"

他拿起宝剑,从窗子扔出去。我看到宝剑在空中旋转而飞,心痛极了。宝剑制造人用了几千年的时间制造了这把削铁如泥的宝剑。人们等了几千年,希望我能与骑士卡托决一雌雄,而现在他把我的宝剑投入死亡之湖。我以后再也见不到它了,一切全完了。

骑士卡托走过来,站在我们面前,当他离我很近的时候,他的罪恶几乎使我窒息。

"我现在怎么处置我的敌人呢?"骑士卡托说,"我怎么处置千里迢迢来杀我的敌人呢?真不可想象。我可以给他们一

身鸟儿的羽毛,让他们在死亡之湖上飞翔,千年万年地叫个不停。"

他一边思索,一边用他那凶狠的目光打量着我们。

"好啊,我可以给他们一身鸟儿的羽毛。也可以——哧——把他们的心掏出来,换上石头的。我可以把他们变成我的小侍从,如果我给他们石头心的话。"

"啊,我宁愿变成一只鸟儿。"我真想对他这样喊,因为我觉得没有比石头心更糟糕了。但是我没有喊,因为我知道,如果我请求变成鸟儿,骑士卡托肯定马上给我换上石头心。

骑士卡托用他可怕的蛇眼睛把我们上上下下打量了一番。

"或者我把他们关进顶楼里,让他们活活饿死,"他说,"我已经有很多鸟儿,我已经有很多侍从。我要把我的敌人关进顶楼,让他们活活饿死。"

他一边思考,一边在地上徘徊,他的每一个鬼主意都会使空气中的罪恶更加浓重。

"在我的城堡里只要一个黑夜就可以把人饿死,"他说,"因为在我的城堡黑夜非常漫长,饿得非常厉害,只要一个黑夜就可以把人饿死。"

他站在我面前,把他的可怕的铁爪放在我的肩膀上。

"我很了解你,米欧王子,"他说,"我一看见你的白马驹,就知道你已经来了,我坐在这里等你,你果真来了,你以

为这是决战之夜。"

他朝我弯下腰,对着我的耳朵吼叫:

"你以为这是决战之夜,但是你错了,米欧王子。这是饥饿之夜,当这个夜晚结束的时候,我的顶楼里只会剩下几块白骨,这就是米欧王子和他的随从的身躯所剩下的一切。"

他用铁爪用力敲着放在地上的大石头桌子,一大队新的侦探走了进来。

"把他们关进顶楼,"他用铁爪指着我们说,"把他们关进顶楼,装上七把锁,每个门前派七个人站岗。在所有的大厅、楼梯以及顶楼与我的房子之间的走廊上派七十七名侦探放哨。"

他在桌子旁边坐下来。

"我想在这里安静地坐一会儿,想点儿主意,别让米欧王子再打扰我。黑夜过去的时候,我要到我的顶楼看一看那几小块白骨,再见吧,米欧王子!在我的饥饿顶楼里睡个好觉!"

侦探们抓住丘姆-丘姆和我,穿过整个城堡把我们送到顶楼去,我们将在那里饿死。在所有的大厅和走廊里早已经都站满了侦探,在顶楼和骑士卡托的房子之间的路上都站满了岗哨。骑士卡托真的怕我、真的需要这么多卫兵吗?他真的害怕一个手无寸铁、关在门上有七把锁、外面有七个哨兵的顶楼里的人吗?

林格伦作品选集
LINGELUN ZUOPINXUANJI

当我们朝牢房走的时候，侦探们用力抓住我们的胳膊。我们走了很久很久才通过那个又大又黑的城堡。当我们经过走廊的一个窗子时，我们看到城堡的院子。院子中间的一根柱子上拴着一匹马，那是一匹黑马，身旁还有一匹黑色小马驹。我看到那匹马时，心里像针扎一样痛。它使我想起了米拉米斯，我再也见不到它了，我想他们怎么样处治它了呢？它是否已经死了？但是那个侦探紧紧抓住我，强迫我继续往前走，我来不及多想米拉米斯。

我们来到顶楼，我们将在那里度过生命的最后一个夜晚。沉重的铁门打开了，我们被推进去，随后大门咚的一声被关上，我们听见侦探拧了七次钥匙。我们孤单地待在牢房里——丘姆-丘姆和我。

我们的牢房是一间圆形的顶楼，很厚的石头墙壁。墙上有一个小窗子，前面有很粗的铁栏杆，通过栏杆我们可以听见被魔化的鸟儿在死亡之湖上空的叫声。

我们坐在地上，我们感到渺小和恐惧，我们知道，黑夜过去的时候我们就会饿死。

"如果死不是那么残酷该多好，"丘姆-丘姆说，"如果死不是那么残酷，我们不是那么渺小和孤单该多好。"

我们手拉手，我们紧紧地互相拉着手，坐在冰冷的地上——丘姆-丘姆和我。这时候饥饿开始折磨我们，这是一种

不同寻常的饥饿。它撕着我们,抓着我们,从我们的血液里抽走所有的力量,我们似乎只想躺下睡觉,永远不想再醒。但是我们不能睡,一点儿也不能。我们尽力克制自己不睡觉,在我们等待死亡来临时,我们开始谈论遥远之国。

我想起了我的父王,这时候我泪如雨下,但是饥饿已经使我非常虚弱,眼泪从我的面颊静静地流下来。丘姆-丘姆也像我一样平静地哭着。

"如果遥远之国离我们不那么远就好了,"他小声说,

"如果绿色草地岛离我们不那么远，我们不那么渺小和孤单就好了。"

"你记得吗，我们是吹着木笛走过绿色草地岛的山坡？"我问，"你还记得这件事吗，丘姆－丘姆？"

"记得，不过那是很久以前的事。"丘姆－丘姆说。

"我们也可以在这儿吹木笛，"我说，"我们吹那首古老的曲子，直到饥饿夺去我们的生命和我们入睡为止。"

"好吧，让我们再吹一次吧。"丘姆－丘姆小声说。

我们拿出自己的木笛。我们疲倦的手几乎拿不住笛子，但是我们坚持吹那首古老的曲子。丘姆－丘姆吹笛子的时候，哭得很伤心，眼泪从他的面颊静静地流下。我可能哭得也很伤心，不过我自己不知道。那首古老的曲子非常动听，但是声音很弱，好像它知道，它也很快就会死去。尽管我们吹的声音很低，被魔化的鸟儿还是听到了，它们听到委婉的旋律以后，都飞到我们窗子跟前。通过栏杆我们看到了它们明亮、悲伤的小眼睛。但是鸟儿又飞走了，我们也没有力气再吹下去。

"现在我们吹完了最后一次。"我说，随后我把笛子放回口袋里。

口袋里多了一件东西，我把手伸进去，摸一摸是什么东西，是吉利妹妹曾经拥有的小勺子。

我多么希望那群被魔化的鸟儿会飞回来，以便我能把勺子

给它们看,吉利的妹妹这时候可能会认出自己的勺子。但是那群被魔化的鸟儿并没有再到我们的窗子前面。

我让勺子掉在地上,因为我的手太累了。

"你看,丘姆－丘姆,"我说,"我们有了一把勺子。"

"我们是有了勺子,"丘姆－丘姆说,"但是我们什么吃的东西都没有的时候,要勺子有什么用呢?"

丘姆－丘姆躺在地上,闭上双眼,没有力气再说下去。我自己也很累很累。我饿得肚子痛。不管是什么东西,能吃就行,什么东西都行。我特别希望有能解饿的面包,但是我心里明白,我永远也尝不到面包的滋味儿了。我也很渴,盼望着能有解渴的清凉泉水。但是我心里明白,我再也喝不到泉水,永远也不能再喝到水,永远也不能再吃到饭了。我甚至想起了艾德拉阿姨每天早饭给我吃的那种粥,我当时特别讨厌那种粥。要是现在给我那种粥吃的话,我也愿意吃,我还会觉得很香。啊,只要是吃的东西,……什么都行!我用最后一点儿力气把勺子拿起来放进嘴里,假装吃东西。

这时候我觉得嘴里有一种特殊的感觉,勺子里有一种东西可以吃,有一种能解饿的面包味道,能解渴的泉水味道。勺子里有水和面包,这是我吃过的东西当中最奇妙的东西。它给了我活力,全部的饥饿消失了。这勺子真是太神奇了,里边的东西永远吃不完。我吃呀吃呀,老吃老有,直到我再也咽不下去。

丘姆-丘姆躺在地上，双眼紧闭。我把勺子伸到他嘴里，他像在睡梦中一样吃着。他躺在那里，闭着眼睛吃，当他吃饱了的时候，他说：

"啊，米欧，我做了一个美妙的梦，一个可以舒舒服服死的梦，我梦见了能解饿的面包。"

"那不是梦。"我说。

丘姆-丘姆睁开眼，坐起来，试了试，他还活着，也不再饿了。我俩在危难中变得又惊又喜。

"但是当我们饿不死的时候，骑士卡托又会怎么处置我们呢？"丘姆-丘姆问。

"只要他不给我们换上石头心就行，"我说，"我最怕有个石头心，因为我担心，它会碰我的胸腔，那样就会痛。"

"天还没亮，"丘姆-丘姆说，"骑士卡托还没有来，让我们坐下来，随着时间的流逝讲一讲遥远之国的事情。让我们靠得紧紧的，免得我们会受冻。"

顶楼里很冷，我们浑身冻得打战。我的斗篷从我身上滑下来，掉在地上。我捡起来，把它披在肩上。织布的老人用童话布补过我的斗篷。

在同一瞬间，我听见丘姆-丘姆喊叫起来。

"米欧！米欧，你在哪儿？"他喊叫着。

"我在这儿，"我说，"在门旁边。"

丘姆-丘姆拿我们在最后那个夜晚照明用的小蜡烛头朝周围照了照。他朝各个方向都照过了，样子显得特别特别害怕。

"我看不见你，"丘姆-丘姆说，"我的眼睛大概不会瞎，因为我可以看见门、沉重的大锁和牢房里的其他东西。"

这时候我发现，我披斗篷时，那块补丁朝上了。我把织布的老人为我补的那块童话布补丁朝上放着。我脱下斗篷，把补丁放正，这时候丘姆-丘姆又喊叫起来。

"别再吓唬我了，"他说，"你刚才藏到哪儿去了？"

"你现在看见我了？"我问。

"对，我当然看见你了，"丘姆-丘姆说，"你刚才藏到哪儿去了？"

"在我的斗篷里，"我说，"织布的老人肯定是把它变成了隐身的斗篷。"

我们试验了很多遍，只要我把童话布补的那块补丁朝上，我的斗篷确实能变成隐身的斗篷。

"让我们使足了劲儿喊叫，"丘姆-丘姆说，"这样侦探们就会走进来查看我们为什么要喊叫。这时候你就可以偷偷从他们身边溜出去。你可以藏在你的隐身斗篷里逃出骑士卡托的城堡，逃回遥远之国。"

"那你怎么办，丘姆-丘姆？"我问。

"我只得留下，"丘姆-丘姆说，他的声音有些打战，

"你只有一件隐身的斗篷。"

"我是只有一件隐身的斗篷,"我说,"而我也只有一位朋友,如果我们真的不能同生,那我们就一定共死。"

丘姆-丘姆用手搂住我说:

"我更愿意你能逃回遥远之国,但是如果你愿意待在我身旁,我不能不为此高兴。尽管我竭力表示对此不高兴,但是我无论如何做不到。"

他刚刚把话说完,某种奇迹发生了。被魔化的鸟儿飞回来

了,它们快速地扇动着翅膀,朝我们的窗子飞来。它们的嘴里叼着什么东西,所有的鸟儿齐心协力地抬着一件东西,那东西很沉。那是一把宝剑,就是那把削铁如泥的宝剑。

"啊,米欧,"丘姆-丘姆说,"那些被魔化的鸟儿从死亡之湖的湖底捞上来你的宝剑。"

我跑到窗子跟前,急切地从栏杆里伸出双手去接宝剑。它像火一样燃烧着,水从宝剑上滴下来,像火一样闪闪发亮。

"谢谢,谢谢所有好心肠的鸟儿。"我说。

但是鸟儿只是用明亮、忧伤的小眼睛看着我们,带着悲伤的叫声飞向死亡之湖。

"啊,我真高兴,我们刚才吹木笛了,"丘姆-丘姆说,"不然鸟儿永远找不到通向顶楼的路。"

我没听见他说什么。我手里拿着宝剑站在那里。我的宝剑,我的火焰!我感到我从未有过的强壮。我的脑海里奔腾、咆哮。我想起了我的父王,我知道,他在想念我。

"现在,丘姆-丘姆,"我说,"现在与骑士卡托决战的时刻到了。"

丘姆-丘姆脸色苍白,眼里放射出奇怪的光。

"你怎么打开七把锁呢?"他问,"你怎么躲过七十七个侦探呢?"

"用我的宝剑能打开七把锁,"我说,"而我的斗篷能使我躲过七十七个侦探。"

我把斗篷披在肩膀上,童话布在黑暗中闪闪发亮,它是那样的亮,好像可以照亮整个骑士卡托的城堡。但是丘姆-丘姆却说:

"我看不见你,米欧,尽管我知道你就在那儿。我在这儿等着,直到你回来。"

"如果我再也回不来的话……"下边的话我说不下去了,因为我不知道,在与骑士卡托的决战中谁将胜利。

牢房里沉默起来，有很长时间我们谁也没说话，最后还是丘姆－丘姆开口了。

"如果你再也回不来，米欧，就让我们互相思念吧。我们一定永远互相思念。"

"好，丘姆－丘姆，"我说，"在决战中我一定想着你，想着我的父王。"

我举起宝剑，朝铁门砍去，门好像是面做的一样，因为我的宝剑削铁如泥，铁门不过是块面而已。宝剑砍入坚硬的铁上一点儿声音也没有，好像是砍进面团里。我把大锁削成了碎片。

我把门打开了，它吱地响了一声，七个侦探站在门外。他们听见声音时，一齐回过头来，对着门，对着我，我站在闪闪发亮的童话布里，原以为光是那么强，他们一定会看见我。

"我听见黑暗中响了一声。"一个侦探说。

"对，黑暗中什么响了一声。"另一个说。

他们四处察看，但是看不见我。

"大概是骑士卡托的一个鬼主意吱的一声跑过去了。"另一个侦探说。

但是我早已经离开他们很远。

我拿着宝剑，穿着斗篷，拼命朝骑士卡托的房间跑去。

在所有的大厅、所有的台阶和所有的走廊，到处都站着侦

探。整个巨大的黑暗城堡都布满了黑衣侦探。但是他们看不见我,也听不到我的脚步声。我继续朝骑士卡托的房间跑。

我不再感到害怕,我从来没有像现在这样勇敢。现在我已经不再是只知道在玫瑰园里搭草房子、在绿色草地岛上玩耍的米欧,我是迎接决战的骑士,我继续朝骑士卡托的房间奔跑。

我跑得很快,我的童话斗篷在我的身后飘动,它在黑暗的城堡里闪光、飘动,而我只顾向骑士卡托的房间奔跑。

宝剑在我手里像火一样燃烧,它闪光、发亮。我紧紧握住剑柄,我继续朝骑士卡托的房间奔跑。

我想起了我的父王,我知道他也在想念我。现在,决战就在眼前,我不会退缩。我是手持宝剑无所畏惧的骑士,我继续朝骑士卡托的房间奔跑。

我的脑海里奔腾、咆哮,就像瀑布一般,这时候我已经到了骑士卡托房间的大门前。

我打开门,骑士卡托正坐在石桌旁边,背对着我。他的浑身散发着罪恶。

"你转过身来,骑士卡托,"我说,"现在到了与你决战的时刻。"

他转过身来,我脱掉斗篷,手持宝剑站在他的面前。他的可怕的面孔变得发灰、皱缩,他的可怕的眼睛里充满恐惧与仇恨。他迅速拿起放在旁边石桌上的宝剑,我与骑士卡托的决战

开始了!

他肯定有一把厉害的宝剑,但是比我的要逊色很多。我的宝剑闪光、发亮,像一团火一样在空中飞舞,无情地与骑士卡托的宝剑碰在一起。

等待了几千年的决战一个小时就够了,这是一场沉默、可怕的战斗。我的宝剑像一团火在空中飞舞,无情地砍在骑士卡托的宝剑上,最后宝剑从他手中脱落。骑士卡托赤手空拳站在我的面前,他知道,决战已经结束。

这时候他脱掉胸前的黑色丝绒大衣。

"求你砍我的心吧,"他喊叫着,"求你直接刺透我的石头心吧,它在里边硌了我很长时间,痛死我了。"

我看着他的眼睛,我看到他的眼睛里有一种奇怪的表情。我看到,骑士卡托渴望去掉自己的石头心,可能没有任何人比骑士卡托自己更恨骑士卡托了。

我没有等多久,我举起火焰般的宝剑,我把它高高举起,深深地砍入骑士卡托可怕的石头心。

同一瞬间,骑士卡托消失了,他无影无踪了。地上留下一堆石头,仅仅剩下一堆石头和一只铁爪。

在骑士卡托房间的窗台上站着一只灰色的小鸟儿,用嘴啄着玻璃,它想出去。我过去没有见过这只鸟儿,不知道它刚才藏在什么地方了。我走过去,打开窗子,想让鸟儿飞走。它飞

到空中,高兴地叫个不停,它大概住久樊笼了。

我站在窗前,看着这只鸟儿飞翔。我看到黑夜已经过去,黎明已经到来。

米欧,我的米欧

对,早晨到来了,天气非常好。太阳出来了,当我站在窗前的时候,夏季的微风阵阵吹来,轻轻抚摩着我的头发。我探出身子,俯视下面的死亡之湖,它变成了一个快乐的蓝色小湖,太阳倒映在湖水里。被魔化的鸟儿不见了。

啊,这是多么美丽的一天,正是玩耍的好天气。我看着下面被夏风吹皱的湖水,真想把什么东西扔到湖里才开心。每当我看到这样的水时,几乎总是产生这样的念头,如果把什么东西从高空扔到水里,就会有扑通一响,想想看,那该有多么开心。除了我的宝剑之外,我没有别的东西可扔,所以我把它扔了下去。我看到它从空中落下去,碰到水面时,啪地响了一声,真有意思。宝剑消失了,水面形成很大的涟漪。漂亮的涟漪越变越大,最后扩展到整个湖面,真是好看极了。

但是我没有时间站在那里看,不能等所有的涟漪都消失了再走,我得赶紧回到丘姆-丘姆身边,我知道,他一定等得焦

躁不安。

我沿着一小时前跑来的原路返回,大厅和长廊空无一人,一个黑衣侦探也没有了,他们统统不见了。太阳照进荒废的大厅里,通过有护栏的窗子,阳光照耀在拱形门下边的蜘蛛网上,我看到这是一座非常破败的古城堡。

四处荒凉、沉静,我突然担心起来,丘姆－丘姆是否也失踪了。我跑得越来越快,但是当我离顶楼很近的时候,我听到丘姆－丘姆在吹木笛,这时候我放心了。

我打开我们牢房的门,丘姆－丘姆坐在地上。当他看见我的时候,他的眼睛亮了,他一边跑过来一边说:

"我只得不停地吹笛子,因为我特别担心。"

"你现在不必再担心了。"我说。

我们非常高兴,丘姆－丘姆和我。我们只是互相看着,笑个不停。

"我们现在离开这里,"我说,"我们走了,再也不回来了。"

我们手挽着手离开骑士卡托的城堡。我们跑进城堡的院子,有一匹马朝我飞奔过来,不是米拉米斯还能是谁呢!我的长着金黄色马鬃的米拉米斯!在它身边还有一匹白色的小马驹。

米拉米斯径直朝我跑来,我用双手抱住它的脖子,把它美

丽的头长时间地贴在我的头上,并在它的耳边小声说:

"米拉米斯,我的米拉米斯!"

米拉米斯用它忠诚的眼睛看着我,我知道,它也像我想念它那样一直想念我。

在城堡的院子中央有一个木桩,旁边有一条锁链。这时候我明白了,米拉米斯也曾经被魔化,它就是夜里被锁在城堡院子里的那匹黑马。那匹小马驹不是别的马,就是被骑士卡托从幽暗的森林里抢走的那匹。正是因为这匹小马驹,几百匹白马才哭得眼睛里流出了血,如今它们不必再哭了,很快它们就可以重新得到小马驹。

"但是其他被骑士卡托抢走的人呢?"丘姆-丘姆问,"那些被魔化的鸟儿,它们到哪儿去了?"

"让我们骑马到湖边找一找它们。"我说。

我们爬到米拉米斯的背上,小马驹在后边拼命追我们。我们走出城堡的大门。

在同一瞬间,我们听到了一种奇怪而可怕的声响,我们听到身后一声巨响,震得地动山摇,原来是骑士卡托的城堡坍塌了,变成了一大堆石头。那里不再有顶楼,不再有荒凉的大厅,不再有漆黑的台阶,不再有带护栏的窗子,那里什么都没

有了,有的只是一大堆石头。

"骑士卡托的城堡不存在了。"丘姆-丘姆说。

"对,现在那里除了石头以外什么也没有了。"我说。

一条崎岖小路从城堡峭壁上蜿蜒伸向小湖。一条崎岖、狭窄、危险的小路,但是米拉米斯稳稳当当地走在上面,小马驹也一样,我们安然无恙地回到了湖边。

在紧靠城堡峭壁脚下的一块石板上站着一群孩子,他们肯定在等我们,因为他们看见我们以后就朝我们走来,个个容光焕发。

"噢,那是努努的兄弟,"丘姆-丘姆说,"那是吉利的妹妹和其他孩子,他们不再是被魔化的鸟儿。"

我们从马背上跳下来,所有的孩子都朝我们走来,他们显得有点儿腼腆,但同时友善和兴奋。一个男孩——努努的一个兄弟拉着我的手,小声地对我说了下边的话,好像他不想让别人听到一样:

"看见你穿了我的斗篷我很高兴,我对我们复原成人感到非常高兴。"

一位姑娘——吉利的妹妹,也走过来。她不看我,她看着湖水,因为她很腼腆,她用很低的声音说:

"对你拿了我的勺子我很高兴,我对我们复原成人感到非常高兴。"

努努的另一个兄弟把手放在我的肩膀上说:

"我对于我们能够从湖底捞上你的宝剑感到非常高兴,我对我们复原成人感到非常高兴。"

"不过宝剑现在又沉入湖底,"我说,"这样也不错,因为我不再需要宝剑。"

"对,我们再也不能捞起宝剑,"努努的一个兄弟说,"因为我们不再是被魔化的鸟儿。"

我朝周围的孩子们看了看。

"谁是织布老人的小女儿?"我问。

周围突然变得鸦雀无声。没有人吭声。

"谁是织布老人的小女儿?"我又问了一遍,因为我想告

诉她,我斗篷上补的那块布就是她母亲织的。

"米丽玛妮是织布老人的小女儿。"努努的那位兄弟说。

"她在哪儿?"我问。

"米丽玛妮躺在那里。"努努的那位兄弟说,孩子们闪到一旁,紧靠湖旁的石板上躺着一位小姑娘。我跑过去,跑到她的身旁。她紧闭双眼平静地躺在那里,已经死了。她的脸苍白瘦小,她的身体被烧烂了。

"她朝火把飞去。"努努的那位兄弟说。

我极为感动,米丽玛妮是为了我而死的,我很伤心。当米丽玛妮为我而死的时候,我觉得没有什么有意思的事了。

"请不要伤心,"努努的那位兄弟说,"米丽玛妮是自愿这样做的,她飞向火把,尽管她知道她的翅膀会起火。"

"但是现在她已经死了。"我说,我很伤心。

努努的那位兄弟把米丽玛妮烧焦的小手放在自己手里。

"我们只得把你放在这里,米丽玛妮,"他说,"但是在我们走之前,我们一定要为你唱我们编的那首歌。"

所有的孩子都坐在米丽玛妮的周围,为她唱歌,这是他们自己编的:

> 米丽玛妮,我们的小妹妹,
> 沉入波涛中的小妹妹,

你带着燃烧的翅膀沉入波涛。

米丽玛妮，噢，米丽玛妮，

安静地睡吧，不要醒来，

米丽玛妮再也不会带着悲伤的叫声，

在漆黑的湖水上空飞翔。

"对，因为不再有漆黑的湖水，"丘姆-丘姆说，"当米丽玛妮安息在湖畔的时候，只有柔和的细浪为她歌唱。"

"如果我们用什么东西把她包起来就好了，"吉利的妹妹说，"软软的，免得她躺在石板上太硬。"

"我们用我的斗篷把她包起来，"我说，"我们用她母亲织的布把她包起来。"

我用补了童话布的斗篷把米丽玛妮包起来，它比苹果花还柔软，比吹动青草的夜风还光滑，比心脏里的鲜血还热，这是她自己的母亲织的布。我小心地用我的斗篷把可怜的米丽玛妮包起来，让她舒舒服服地躺在石板上。

这时候奇迹发生了，米丽玛妮睁开眼睛看着我。开始她只是静静躺着，看着我。后来她坐起来，看着所有的孩子，显得迷惑不解，她又朝四周看了看，显得更加迷惑不解。

"多么蓝的湖水。"她说。

这是她说的唯一的一句话，然后她脱掉斗篷，站了起来，

她的身上已经没有任何火烧的痕迹,我们为她获得新生感到无比的高兴。

湖上漂来一只船,有人摇着巨大的船桨。当船靠近的时候,我看见摇橹的人是宝剑制造人,跟着他的是埃诺。

他们的船很快靠到山坡上,他们跳上岸。

"我说得不错吧?"宝剑制造人用含糊不清的语调说,"我说得不错吧?骑士卡托的末日不远了,这是我说的。"

埃诺急切地走到我身边。

"我想给你看点儿东西,米欧王子。"他说。

他伸出长着皱纹的手,展示手中的东西,这是一小片绿色的叶子,一小片漂亮的叶子,薄薄的、光滑的、浅绿色的,上面有着细小的叶脉。

"这片叶子长在死亡森林里,"埃诺说,"我刚才在死亡森林的一棵树上找到的。"

他满意地点着头,他那头发蓬乱的小脑袋一上一下地动着。

"以后我每天早晨都到死亡森林里去,看看有没有新的绿叶长出来,"他说,"这个给你,米欧王子。"

他把绿叶放在我的手里。他肯定认为,他把他最珍贵的东西送给了我。

然后他再一次点头说:

"我祝愿你一切顺利,米欧王子。我坐在我的家里,遥祝你一切顺利。"

"我说得不错吧?"宝剑制造人说,"与骑士卡托的决战不远了,这是我说的。"

"你是怎么找回你的船的?"我问宝剑制造人。

"波浪把它推回来的。"宝剑制造人说。

我顺着湖朝宝剑制造人住的山和埃诺的房子望去,这时候又有几只船驶过来。湖面上有很多船,船上坐着的人我都不认识。他们脸色苍白,身体矮小,他们看着太阳和蓝色的湖水,露出惊异和兴奋的神情。他们过去从来没有见过太阳,如今太阳高悬,照耀着他们周围的湖水和山坡,景色宜人。只有城堡峭壁上那大堆石头让人看了不舒服,但是我想,总有一天那堆石头上也会长出苔藓,总有一天它会被柔软、翠绿的苔藓盖住,没有人会知道,下边曾经是骑士卡托的城堡。

我看到过一种粉红色的花,它们在苔藓上长得很好,样子很像小小的吊钟,它们长在长长的茎上。将来在骑士卡托城堡的苔藓上也许会长出这种粉红色的花,我相信那里也会变得漂亮起来。

回家的路很长,但是很容易走。小孩子骑米拉米斯,特别小的骑小马驹,他们觉得非常开心。我们其他人步行,一直到

幽暗的森林。

  这时候天黑了,像过去一样,幽暗的森林洒满月光。我们走进森林时,那里静悄悄的。但是米拉米斯疯狂地嘶叫起来,森林的远处几百匹白马也疯狂地嘶叫起来作为回答。它们朝我们跑过来,马蹄踏在地上发出嗒嗒的响声。小马驹也叫起来,它想像大马一样高声、疯狂地嘶叫,但是它的声音很低很弱,几乎听不见,不过那几百匹白马肯定听到了。啊,它们为小马驹返回家园欣喜若狂,它们挤在它的周围,都想接近它,摸一

摸它，好像要证实一下回来的是否真的是它。

现在我们有了几百匹马，谁也用不着步行了，所有的孩子都有了自己的马骑。我骑米拉米斯，像平时那样，丘姆－丘姆坐在我的身后，因为除了米拉米斯以外他不想骑别的马。一位小姑娘，她是我们当中最小的，骑小马驹。

我们穿过森林，几百匹白马在月光下漂亮极了。

没过多久，我看见树林里有点儿白色，这是织布老人房子周围的苹果花。一簇簇柔软的苹果花挂在房子周围的苹果树上，房子看起来很像童话中的房子。我们听见房子里有响声，米丽玛妮说：

"我母亲正在织布。"

她在门前跳下马背，对我们挥手说：

"我真高兴，我已经回到家里，我真高兴在苹果花还没凋谢之前我回到了家里。"

她沿着苹果树中间的小路跑过去，跑进房子，这时候房子里织布机的声音停止了。

但是我们离绿色草地岛还有很长的路要走，我想念那里，想念我的父王。由米拉米斯带头的几百匹白马跃上幽暗的森林上空，再跃上群山的上空，它们从空中飞向绿色草地岛。

我们到达黎明桥的时候已经是早晨，护桥人刚刚把吊桥放下。当几百匹白马昂着头，披散着马鬃飞过大桥时，大桥闪耀

着金色的光芒，护桥人吃惊地站在那里，只是看着我们。其中一个人突然掏出号角吹起来，清脆的号角声响彻整个绿色草地岛，人们从各家各户跑出来，他们都曾经为失去孩子而悲痛，现在他们看到，孩子们都骑着白马回来了，没有一个人明白到底是怎么回事，所有被抢去的孩子都回家来了。

白马继续在草地上空飞奔，我们很快就到了我父王的玫瑰园。所有的孩子都在那里下了马，他们的爸爸、妈妈跑过来，他们的做法跟几百匹白马看见小马驹回家时差不多。努努也在那里，他的奶奶、吉利和他的姐妹，丘姆－丘姆的爸爸、妈妈，还有很多我没有见过的人，他们一边哭，一边笑，拥抱、亲吻回家的孩子们。

但是我的父王不在那里。

我们不再需要几百匹白马。这时候它们转身返回幽暗森林。我目送它们从草地上奔腾而过。那匹白色小马驹跑在最前边。

丘姆－丘姆正在把我们经历的一切讲给爸爸、妈妈听，他没有发现我已经打开玫瑰园的小门。没有人发现我已经进了玫瑰园，这一点有好处，因为我想一个人到那里去。我走在银杨树底下，它们像平时那样演奏着乐曲，玫瑰像平时一样开放，一切如旧。

这时候我看见了他，我看见了我的父王。他站在老地方，

站在我去幽暗的森林和域外之国时向他告别的地方。他站在那里，向我伸出双臂，我扑到他的怀里，用双臂紧紧地搂住他的脖子。他紧紧地抱住我，小声说：

"米欧，我的米欧！"

因为我的父王非常非常喜欢我，而我也非常非常喜欢我的父王。

我整天都很愉快。我们在玫瑰园里玩,有丘姆-丘姆、努努和他的弟兄、吉利和他的姐妹,还有其他所有的孩子。他们看我和丘姆-丘姆搭的草房子,他们认为这是一座非常漂亮的草房子。我们也骑米拉米斯,它跳越玫瑰树篱。我们也玩我的斗篷,努努的那位兄弟不想收回这件斗篷。

"补丁无论如何是你的,米欧。"他说。

我们用斗篷玩捉迷藏。我穿着斗篷,补丁朝上,我在玫瑰丛中跑来跑去没人看得见,我说:

"谁也抓不到我!谁也抓不到我!"

他们费了九牛二虎之力还是抓不到我。

夜幕降临的时候,所有的孩子都要回家了。他们的爸爸、妈妈不愿意让他们在外边玩的时间太长,特别是他们回家后的第一个晚上。

丘姆-丘姆和我两个人独自留在我们的草房子里。当夜幕笼罩玫瑰园时,我们吹起了木笛。

"我们一定要珍惜我们的笛子,"丘姆-丘姆说,"如果我们彼此分开了,我们一定吹这首古老的曲子。"

正好在这时候我的父王来接我回家,我向丘姆-丘姆说晚安,他跑回家去了。我向在草房子旁边的草地上吃草的米拉米斯说晚安。我拉住我父王的手,穿过玫瑰园走回家。

"米欧,我的米欧,我觉得你不在家时又长高了,"我的

父王说,"我想我们今晚应该在厨房的门上做一个新的标记。"

我们走在银杨树底下,夜幕像一层柔软的蓝色薄雾笼罩着整个玫瑰园。白色的鸟儿已经爬进窝里,但是在最高的那棵银杨树顶上站着伤心鸟儿,十分孤独地唱着。当所有被抢走的孩子都返回家时,此时此刻它还在唱什么?不过我想,伤心鸟儿大概总有什么可以唱。

在远方的草地上,牧民们开始点燃篝火,一堆接着一堆地燃烧起来,在夜幕中显得非常好看。我听见牧民们在演奏,他们在演奏那首古老的曲子。

我们走到那里,手拉着手,我的父王和我。我们的胳膊轻轻摆动着,父王低着头看着我,微笑着,我抬头看着父王,感到非常高兴。

"米欧,我的米欧。"我的父王说。

别的话没有了。

"米欧,我的米欧。"当我们在夜幕中回家时我的父王说。

夜晚来到了。

如今我已经在遥远之国住了很长时间。我很少想起我住在乌普兰大街的日子,只是有时候想起本卡,因为他很像丘姆-丘姆。我希望本卡也不要太想念我,因为没有人比我更知道想念的滋味多难受。不过还好,本卡有爸爸、妈妈在身边,我想他大概已经有了一位最好的新朋友。

我偶尔也想起艾德拉阿姨和西克斯顿叔叔,我已经不再恨他们。我只是想,我失踪以后他们会说些什么,如果现在他们才知道我失踪就好了。他们很少关心我,可能他们根本没有发现我失踪了。艾德拉阿姨,她可能认为,她只要到泰格纳尔公园一看,就可以在一张靠背椅上找到我;她可能认为,我会坐在路灯下的椅子上,吃苹果,玩一个空啤酒瓶子或者其他什么破烂东西;她可能认为,我坐在那里,眼睛注视着亮着窗子的房子,那些人家的孩子正和他们的爸爸、妈妈吃晚饭。艾德拉

阿姨可能是这样想的,她大概正在为我不买了面包就回家而生气。

但是她想错了,艾德拉阿姨。啊,她想哪儿去了!布赛没有坐在泰格纳尔公园的靠背椅上,因为他在遥远之国。我要说,他在遥远之国。他在那里,那里有沙沙作响的银杨树……那里有燃烧的篝火,夜里很暖和……那里有解饿的面包……那里有他的父王,他非常非常喜欢自己的父王,他的父王也非常非常喜欢他。

对,是这样。布·维尔赫尔姆·奥尔松在遥远之国,他在自己的父王身边生活得非常非常愉快。

~译者后记~

我完成了瑞典著名儿童文学作家林格伦作品系列的第八卷《我们都是吵闹村的孩子》的翻译工作后,心里特别高兴,回想起翻译林格伦的作品完全出于偶然。1981年我去瑞典斯德哥尔摩大学留学,主要是研究斯特林堡。斯氏作品的格调阴郁、沉闷,男女人物生死搏斗、爱憎交织,读完以后心情总是很郁闷,再加上远离祖国、想念亲人,情绪非常低落。我吃不好饭,睡不好觉,每天不知道想干什么,想要什么,有时候故意在大雨中走几个小时。几位瑞典朋友发现我经常有意无意地重复斯特林堡作品中的一些话。斯特林堡产生过精神危机,他们对我也有些担心,因为一个人整天埋在斯特林堡的有着多种矛盾和神秘主义色彩的作品中很容易受影响。他们建议我读一些儿童文学作品,换一换心情。我跑到书店,买了一本林格伦的《长袜子皮皮》,我一下子被崭新的艺术风格和极富人物个性的描写所吸引。我一边读一边笑,觉得自己浑身充满了力量。我好像跟皮皮一样,能战胜马戏团的大力士,比世界上最强壮的警察还有力量,愤怒的公牛和咬人的鲨鱼肯定不在话下。由于

职业的关系，我读完一遍以后开始翻译这本书，一个暑假就完成了。从此，翻译林格伦的书几乎成了我的主业。

我第一次见到林格伦是在1981年秋天，是由给我奖学金的瑞典学会安排的。她的家在达拉大街46号，对面是运动场，旁边有森林和草地。当时女作家还算年轻（74岁），亲自给我煮咖啡。我们谈了儿童文学和儿童教育问题。1984年我从瑞典回国，她表示希望到中国看看。这个消息传出以后，瑞典—中国友好协会和瑞典驻中国大使馆立即表示，什么时候都可以安排。不过医生认为，路途太遥远，不宜来华访问，因此未能成行。但是她对我说，由于她的作品被译成中文，她开始关注中国的事情。1997年她已经90岁高龄，并且双目失明，在一般情况下她已经不再接待来访者，但当她听说我到了斯德哥尔摩以后，一定要见一见。当时我和我的夫人都很感动，在友人的帮助下，我们一起合影留念。2000年秋我去斯德哥尔摩的时候，朋友告诉我，她的身体已经很不好，大部分记忆消失，已经认不出人了。但是圣诞节的时候，我仍然收到了以她的名义寄来的贺卡。

不知什么原因，我和林格伦女士一见如故。她曾开玩笑说，可能是我们都出生在农民家庭。1984年我回国以后一直与她保持联系，有时候她还把我写给她的信寄到报社去发表。1994年，当她得知我翻译时还用手写的时候，立即给我寄来

10000克朗,让我买一台电脑。我和她虽然相隔几千公里,但我和我的家人时刻惦记着她,希望她健康长寿。

  我已经把林格伦的主要作品和一部分由她的作品改编成的电影译成中文,断断续续用了20年的时间。作品中的故事大都发生在20世纪上半叶,作家笔下的风俗、习惯、传统、民谣、器物等,现代人都比较陌生了。我在翻译中遇到的问题,除了作家本人亲自给我讲解以外,还得到很多瑞典朋友的帮助,如罗多弼和列娜夫妇、林西莉女士、韩安娜小姐、史安佳女士和隆德贝父女等,在此对他们表示深深的感谢。希望我的拙译能给小读者们和他们的父母带来愉悦,并增加对这个北欧国家儿童生活的了解。

永远的皮皮
永远的林格伦

中国少年儿童新闻出版总社隆重推出——

国际安徒生奖获得者
瑞典童话大师林格伦儿童文学全集

长袜子皮皮　淘气包埃米尔　小飞人卡尔松　大侦探小卡莱　米欧，我的米欧

狮心兄弟　吵闹村的孩子　疯丫头马迪根　绿林女儿罗妮娅　海滨乌鸦岛

叮当响的大街　铁哥们儿擒贼记　小小流浪汉　姐妹花

中国最著名的瑞典文学翻译家李之义先生，曾荣获瑞典国王颁发的"北极星勋章"。他用近30年的时间完成了林格伦儿童文学全集的翻译，其译作准确生动、风趣幽默，深受中国孩子喜欢。